El detective ausente

David Blanco Laserna

El detective ausente

CóD160
C13NC1A

ANAYA

1.ª edición: mayo 2013
2.ª impresión: agosto 2014

ISBN: 978-84-678-4039-1
Depósito legal: M. 9565/2013
Impreso en España - Printed in Spain

Las normas ortográficas seguidas son las
establecidas por la Real Academia Española
en la *Ortografía de la lengua española,*
publicada en 2010.

Índice

APÉNDICE

A Julita y Tito, por su terraza, su mecedora
y sus novelas de misterio.

Capítulo primero

En blanco

Fue como despertar de un sueño profundo, pero... no. De inmediato supo que algo marchaba mal. No llevaba puesto el pijama, ni estaba acostado en una cama. Su única almohada era un frío tan intenso que le había dejado insensible la mejilla. Al abrir los ojos se descubrió tendido de bruces sobre la nieve. Miró a su alrededor. El viento zarandeaba un farol colgado de un gancho, sobre su cabeza. Las ráfagas de luz iluminaron el rótulo de madera de un almacén de vino, unos toneles, la trampilla de una carbonera. Los ladrillos de las paredes dibujaban la perspectiva de un callejón en penumbra. Desde el fondo le llegó el rumor de la ciudad, amortiguado por la distancia: las voces de los vendedores ambulantes, los chicos que repartían los periódicos de la mañana, los cascos de los caballos contra el pavimento...

«¿Qué me ha pasado?», se preguntó, «¿cómo he llegado hasta aquí?».

Una ligera escarcha se había formado sobre sus pestañas. La mano que apoyó sobre la nieve para levantarse estaba amoratada y apenas consiguió mover los dedos, hinchados. Calculó que debía de llevar una hora allí tendido, inconsciente. A medida que se incorporaba, le fue dominando la náusea. Una fuerza irresistible lo atraía de nuevo hacia el suelo y tuvo que agarrarse a un poste para no caer.

¿Qué eran aquellas formas oscuras que se recortaban en la nieve? Entrecerró los ojos para enfocarlas mejor. ¿Se le había caído un pañuelo del bolsillo? ¿Quizá un reloj? Tardó medio minuto en reconocer que eran manchas de sangre. De modo instintivo se palpó el cuello, donde le cosquilleaba una sensación húmeda y cálida. Cuando se observó la mano, la encontró cubierta de sangre. Deslizó los dedos poco a poco, partiendo de la nuca hacia arriba y al tocarse la coronilla, un aguijonazo de dolor intenso le hizo gritar.

Notó que le faltaba el aire. «¿Qué me ha pasado?». Trató de recordar, pero su mente estaba tan en blanco como la nieve que pisaba. El pánico se adueñó de él. «¿Quién soy?». ¿Cómo era posible que se hiciera esa pregunta? Y más aterrador: ¿cómo era posible que no supiera contestarla? Porque no podía. De la bruma que envolvía sus pensamientos no surgía ningún nombre, ningún rostro familiar. No recordaba su casa, su edad ni siquiera cómo era su propia cara. Permaneció varios minutos con la boca abierta. «No sé quién soy, no sé quién soy, no sé quién soy». El corazón le palpitaba con tanta fuerza que notaba sus latidos en las sienes, en los oídos, en las venas de los dedos.

Sintió ganas de llorar. Respiró hondo. ¿Qué podía hacer? ¿A quién podía pedir ayuda? Sus ojos se fijaron en el suelo y se fue calmando. Dos rastros de pisadas rodeaban el socavón que su cuerpo había abierto en la nieve. Las habían producido dos pares de zapatos distintos. Comprobó que unas huellas encajaban exactamente en las suelas de sus botas desgastadas. Eran sus pisadas. Las otras correspondían a un calzado más elegante, con la punta cuadrada. Pertenecían a otra persona. Antes de perder el conocimiento había estado hablando con alguien. Las huellas del desconocido se acercaban desde la boca del callejón, se detenían justo en el punto donde él había caído y luego daban media vuelta para alejarse. La distancia entre pisadas se hacía más corta al entrar que al salir. Cuando uno corre, aumenta la separación entre sus pasos: el extraño había salido a su encuentro andando a paso tranquilo y después había huido de forma precipitada. ¿Por qué? Miró su mano ensangrentada. El extraño le había golpeado a traición, por la espalda. Quizá había intentado matarlo. De nuevo la misma pregunta angustiosa: ¿Por qué?

Comenzaba a nevar otra vez, sin fuerza todavía, pero dentro de una hora otra capa de nieve cubriría las pisadas. No tenía tiempo de seguir los dos rastros. ¿Cuál debía escoger? Sus huellas quizá lo llevaran de regreso a casa. Las de su atacante lo podían exponer a peligros que no era capaz de imaginar. Apenas dudó un instante. La rabia y la indignación lo impulsaron a dar caza al misterioso agresor que se había escabullido después de dejarlo tirado, con la cabeza ensangrentada, en un callejón miserable.

Resbaló en la nieve, camino de la salida, mientras se apretaba el puño contra la herida para cortar la hemorragia. Nada más desembocar en Dorset Street, comenzaron los problemas. No llevaba un sombrero con el que disimular su cabeza ensangrentada. Quienes se cruzaban con él, fueran altos o bajos, guapos o feos, gordos o flacos, apartaban la vista y apretaban el paso. «Debo de tener un aspecto terrible», se lamentó. Sorprendió su rostro en el reflejo de una tienda de té y café. Le asustó su expresión cadavérica y apartó la mirada en seguida, pero le bastó para descubrir que era joven. Estimó que debía de tener unos quince años.

Su principal preocupación ahora consistía en no desmayarse y en no perder el rastro en la nieve. Reparó en que su propio caminar producía huellas con la misma profundidad que las del extraño. Por tanto, la persona que lo había atacado era más o menos de su mismo peso. De lo contrario habría dejado marcas más profundas o más leves. No supo cuánto tiempo permaneció andando, sin levantar la vista de la suela de punta cuadrada impresa en la nieve, tiritando, castañeteándole los dientes, hasta que al fin una alta verja de hierro le cortó el paso. Desorientado, alzó por fin la mirada del suelo y la dirigió a su alrededor.

Se hallaba en un barrio elegante, de calles amplias y cuidadas. Cualquier dirección ofrecía un despliegue de mansiones señoriales, de todos los estilos arquitectónicos. Entre los barrotes que se alzaban frente a él destacaba un desconcertante escudo de armas. En lugar de castillos o leones rampantes mostraba el dibujo de un prisma y una probeta sobre un campo de estrellas. Encima del escudo se habían grabado tres grandes iniciales en oro: GKC. Probó a empujar la verja, sin demasiadas esperanzas. Para su sorpresa, el hierro cedió con un chirrido estridente que espantó a una bandada de gorriones adormecidos. Al otro lado, se abría una amplia explanada de césped. Grandes castaños, con su caperuza de nieve, delimitaban un sendero de grava que serpenteaba cuesta arriba, hasta una casa imponente. Su tejado se rompía en decenas de tejaditos más pequeños, que enarbolaban un ejército de chimeneas.

Sus penachos de humo alimentaban una nube cenicienta que flotaba sobre la casa. Alguien había despejado la nieve del camino con una pala, borrando las huellas que venía siguiendo.

Mientras examinaba la fachada, el joven tomó aire y se preguntó qué demonios estaba haciendo él allí. Una voz interior le advirtió que metía la cabeza en la boca del lobo. ¿Y si su atacante era precisamente el dueño de aquella residencia? Todavía estaba a tiempo de escapar del peligro. Siendo realistas, no se hallaba en condiciones de enfrentarse ni a un escarabajo pelotero. Apenas aguantaba en pie. El miedo le hizo sentir más frío todavía y quiso dar media vuelta.

Dickson Carr, el mayordomo de la mansión, oyó la campanilla de la entrada mientras sacaba brillo a una pinza para langostas. Consultó el reloj de péndulo del salón. Eran las doce menos cuarto. Frunció el ceño. Desde luego se trataba de una visita inesperada. Dejó las pinzas y el paño. Camino de la entrada, se ajustó la librea y se pasó un dedo por las cejas para peinarlas. Dickson hacía frente a los recién llegados con una expresión neutra y educada que podía evolucionar con rapidez hacia un rechazo firme o hacia una abierta hospitalidad.

—Buenas tardes —saludó, al tiempo que abría la puerta—. ¿Qué desea el señor?

Dickson había formulado la pregunta de modo automático, sin separar del todo los párpados, mientras su cabeza seguía pensando en los rasguños que había detectado en las pinzas.

—Estoy buscando… —A medida que hablaba el desconocido, el mayordomo fue despegando poco a poco los párpados, para acabar abriendo los ojos como platos.

Frente a él temblaba un joven con la cara lívida y ensangrentada. El chico no pudo terminar de explicar qué era lo que venía buscando. Se derrumbó a sus pies, como un castillo de naipes.

Dickson había servido en un regimiento de infantería durante el Motín de la India, así que la visión de la sangre no le alteró el pulso. Con la eficacia con la que resolvía cualquier incidente doméstico, recogió al joven y lo llevó en volandas hasta el cuarto más próximo, la sala de billar, donde lo acomodó en un diván. Ordenó a la señorita Marsh que trajera vendas y una palangana con agua caliente y jabón. Después de cortar la hemorragia, lavar la herida y llamar a un médico se ajustó la librea, se peinó las cejas y se dirigió a la biblioteca para informar al señor Crispin de que un pequeño contratiempo alteraba las tareas programas para la tarde.

*   *   *

Antes de que el joven recuperase la conciencia por segunda vez, tuvo que abrirse camino a través de las brumas de un sueño. Se veía en un bosque, frente a un viejo hechicero con piernas de carnero. Nevaba y el mago había lanzado un conjuro para que el pelo del joven fuera cayendo, al mismo ritmo que los copos de nieve. En un parpadeo, el anciano se desvaneció y, de improviso, resurgió a escasos centímetros de su cara. Extendió entonces unos dedos nudosos y retorcidos, y con ellos le agarró la cabeza. Un dolor intenso se clavó en su nuca. El joven hizo un enérgico movimiento para soltarse, pero unas manos firmes lo sujetaban.

—Se ha despertado.

—Ya lo veo. ¡Quieto! ¡Quieto, muchacho! *Que te voy a cortar...* Tranquilo. Te estamos curando.

Reconoció el olor a tintura de yodo. Unas manos de dedos firmes manipulaban su cabeza. Sintió un frío de hielo en la nuca. Se la habían afeitado. En la posición en la que se encontraba, con el cráneo inmovilizado, tenía una perspectiva oblicua de la habitación, bien iluminada por una lámpara de gas que colgaba del techo. Distinguió una palangana apoyada sobre una mesa, de la que asomaba una esponja. A su lado descansaba un carrete con hilo de cirujano. Le estaban cosiendo la herida. Una cara afable, con grandes bigotes rizados que parecían el manillar de una bicicleta, surgió en su campo de visión.

—Soy el doctor Nathan Thorndyke —se presentó el dueño de los bigotes—. Te he afeitado parte de la cabeza para limpiarte la herida, desinfectarla y cerrarla. Acabo de darte los últimos puntos y ahora voy a vendarte.

Su voz profunda combinaba la cordialidad automática y la autoridad de los médicos. El joven se dejó hacer. Estaba tumbado en una cama con dosel, con las piernas cubiertas por una pila de mantas.

Por la altura del colchón y el perfume de las sábanas supo que no estaba en su casa. Una certeza desconcertante, puesto que no tenía la más remota idea de cómo era su casa. Recordó entonces su espantoso despertar en el callejón, la angustia de no saber quién era. Experimentó una súbita esperanza. ¡Estaba recordando! Si su memoria se había remontado hasta el accidente, ¿sería capaz de retroceder más todavía?

—¿Estás bien?

Giró el cuello despacio y descubrió a un segundo individuo, un anciano que sostenía una lámpara de queroseno sobre su cabeza para iluminar la operación de vendaje, que revisaba con actitud crítica.

—Me duele la cabeza horrores —reconoció apretando los dientes.

—Es normal —le tranquilizó el doctor Thorndyke.

—¿En serio?

—Normal después de que te hayan abierto la cabeza. Pero tranquilo, no se te ha salido nada de dentro. ¿Cómo te llamas, joven?

Fue a contestar de modo instintivo. Algo, sin embargo, le frenó. Lo tenía en la punta de la lengua, pero no terminaba de concretarse. ¿Su nombre empezaba por jota? ¿Por hache? ¿Por ese? ¿Joseph? ¿Bell? ¿Fletcher? La respuesta no podía haberse borrado de su cerebro, aunque se mantuviera obstinadamente fuera de su alcance. Los recuerdos se habían hundido, como un galeón bajo el peso de sus tesoros. Y no salían a flote. Después de un minuto de esfuerzo se rindió.

—No lo sé.

—Está bien. —El anciano trató de tranquilizarlo con una sonrisa animosa—. Yo soy Gideon Keith Crispin. Soy el propietario de esta casa. ¿Recuerdas qué te pasó?

—No, tampoco.

—¿Sabes dónde estás? —El doctor Thorndyke tomó el relevo, mientras fijaba con delicadeza el último cabo suelto del vendaje—. ¿En qué ciudad?

El joven se palpó el vendaje: firme, pero no le apretaba. El médico había hecho un buen trabajo.

—¿En York?

—No, estás en Londres. En uno de los barrios más elegantes de la ciudad, por cierto. —Thorndyke dirigió una mirada burlona a Gideon—. ¿Te viene a la cabeza la dirección de algún familiar? ¿Sabes a qué se dedica tu padre?

El joven redobló sus esfuerzos por recordar. Al fin, dejó caer la cabeza sobre la almohada, con la frente perlada de sudor.

—No.

—¿Cómo me llamo? —le preguntó el médico.

—Doctor Thorndyke. Y este caballero es el señor Gideon Keith Crispin.

El doctor sonrió satisfecho.

—No vamos tan mal. ¿Puedes seguir los movimientos de mi dedo? Muy bien. Ahora intenta tocarte la mejilla izquierda con la mano derecha. Eso es. ¿Cuál es el nombre de nuestra serenísima majestad?

—Victoria.

—Bien, no te preocupes. Sufres una amnesia postraumática retrógrada. Recordarás todo lo que te suceda a partir de ahora. Si te interesa la parte de la historia que venía antes, lo más normal es que vayas recuperando la memoria a lo largo de las próximas horas. Aunque podrían ser semanas.

El joven se mordió los labios:

—¿Y podría ser nunca?

Thorndyke comenzó a recoger el carrete de hilo, una aguja de cirujano y el frasco con la tintura de yodo.

—Los médicos nos solemos guiar por lo más probable, y lo más probable es que recuperes la memoria dentro de unas horas.

—¿Puedo hacerle otra pregunta?

—Nosotros te hemos hecho un montón —sonrió Thorndyke, pellizcándose el bigote—. Me parece justo. Dispara.

—Después de examinar la herida, ¿cómo diría que se produjo?

El doctor consideró la cuestión unos segundos.

—Creo que sé adónde quieres ir a parar. Quieres saber si se produjo de forma accidental. Si te cayó una teja encima, por ejemplo, o si perdiste el equilibrio y te golpeaste contra el suelo —negó con expresión grave—. Yo diría que te golpearon por la espalda, de arriba abajo, con fuerza, pero con un objeto no muy pesado. Tampoco demasiado afilado. Al limpiarte la herida encontré astillas de madera... Yo apostaría por un garrote o una estaca.

El médico cerró su maletín y fue a recoger su abrigo, que había dejado apoyado sobre el respaldo de una butaca.

—Bueno, ha sido un placer. Suerte con esa memoria... Espero que cuando regresen, te gusten tus recuerdos.

Se despidió del joven con una inclinación leve de la cabeza. Gideon acompaño al médico hasta el pasillo, cerrando la puerta tras ellos, con suavidad. En la mesilla había un vaso con agua. El joven se la bebió de un trago, saltó fuera de la cama y se acercó de puntillas hasta la puerta. Aplicó la boca del vaso contra el panel de madera, apoyando la oreja en la base. Al otro lado, el señor Crispin y el doctor Thorndyke cuchicheaban, pero la superficie del cristal recogió sus palabras y las amplificó con suficiente claridad.

—¿Y cuáles son las... formalidades en este caso?

—En cuanto salga de aquí tengo que presentarme ante el sargento de guardia y redactar un informe.

—Y entonces...

—Le llamarán para tomarle declaración...

—Que, dadas las circunstancias, no será muy larga.

—Pues no, no parece que tenga mucho que decir. Lo normal sería que mientras abren una investigación lo sometieran a arresto domiciliario, pero, puesto que no es capaz de facilitar ningún domicilio, irá a parar a algún calabozo.

—Qué pena, Thorndyke, qué pena. Justo en Navidad. Además, has dicho que lo mejor...

—...en estos casos es una cura de reposo. Cuanta menos ansiedad sufra, tanto mejor.

—La cárcel no parece un lugar muy relajante.

El médico se encogió de hombros.

—Yo preferiría un balneario, pero... una cosa son los preceptos de la medicina y otra muy distinta, los de la ley.

El señor Crispin se sumió en un silencio meditabundo.

—Puede que esté en peligro, además. Si lo han atacado una vez, podría repetirse... está indefenso sin memoria. —Tosió antes de continuar—. ¿Y qué te parece si no decimos nada a las autoridades y lo alojo aquí unos días? Hasta que esté en condiciones de valerse por sí mismo.

El médico se encogió de hombros.

—Un gesto muy generoso por tu parte, siempre y cuando...

—Nunca estuviste aquí. Yo le abrí la puerta, yo le curé la herida, yo lo vendé y bajo mi exclusiva responsabilidad lo acogí.

Nathan Thorndyke recogió su sombrero de un perchero de la pared y se lo caló con una expresión de astucia.

—Veo que nos entendemos. Y puesto que nunca he estado aquí, será mejor que me vaya lo antes posible.

El señor Crispin le estrechó la mano.

—Gracias, Thorndyke.

—De nada, Gideon. Ya hemos cumplido con nuestra buena acción del año. ¡Feliz Navidad!

El joven regresó tambaleándose a la cama. Unos segundos después, el señor Crispin abrió la puerta con cuidado. A la luz que entraba del pasillo, el joven tuvo ocasión de apreciar el singular aspecto de su anfitrión. El señor Gideon Keith Crispin era huesudo y menudo hasta parecer un muñeco de ventrílocuo que alguien había sacado de su cajón. Las cuencas prominentes que enmarcaban sus ojos y las mejillas le daban un aire de chimpancé, que acentuaban su espalda encorvada, sus largos bracitos y su escasa estatura. Protegía la cabeza calva con un birrete de terciopelo rojo, del que sobresalían unos pelos canos, largos y finos, que revoloteaban a su alrededor al menor movimiento. Llevaba unos pantalones rojos a cuadros, bastón y un extravagante chaleco color mostaza.

—¿Te acuerdas de mí? —preguntó en broma.

El joven asintió. Gideon se arremangó las perneras del pantalón y se encaramó a una esquina de la cama. El colchón apenas cedió bajo su peso.

—Quería hacerte una propuesta, a ver qué te parece. Te puedes quedar en mi casa el tiempo que necesites, hasta que te cures la herida, recuperes la memoria o te sientas en condiciones de enfrentarte de nuevo al mundo. Sin plazos, sin presiones. Si te quieres ir mañana, pues te vas mañana. Si prefieres esperar hasta dentro de un mes, pues esperas hasta dentro de un mes.

Al joven se le hizo un nudo en la garganta. Después de la angustia y el desamparo que había sufrido en las últimas horas, la amabilidad de aquel viejito desconocido lo desarmó por completo. Sintió unas ganas terribles de abrazarlo, pero en el siglo XIX los hombres, sencillamente, no se abrazaban. Para expresar afecto se daban sonoras palmadas en la espal-

da, que el joven no se sentía con fuerzas de dar y que el frágil señor Crispin no resistiría.

—Gracias —dijo con voz trémula.

—No hay por qué darlas —el señor Crispin asintió satisfecho—. En cuanto salga por esa puerta hablaré con todo el mundo, para que cuando te levantes no tengas que darle explicaciones a nadie. Son gente muy agradable, ya verás. Habitualmente aquí vivimos cuatro gatos: el señor Dickson, el mayordomo; la señorita Marsh, la criada, y la señora Sayers, la cocinera. Sin embargo, has venido a visitarnos en una circunstancia un tanto especial y tenemos cuatro invitados.

—¿Familiares que han venido a pasar la Navidad?

—No, qué va. Yo soy el último Crispin. Una momia vieja y sin descendencia. La única familia que me queda son dos tías, dos cacatúas todavía más viejas que yo, que viven en Cornualles —Gideon abría mucho los ojos, como si en este mundo todo le provocara un gran asombro—. También soy lo que los periódicos llaman un excéntrico millonario. Lo que quiere decir que heredé una fortuna y que no me la gasto como le gustaría a la mayoría de los periodistas.

El joven sonrió.

—¿Y en qué se la gasta?

—Me gusta la ciencia, ¿sabes? —El señor Crispin bajó la voz, como si fuera una confesión embarazosa—. Cuando tenía tu edad quería ser químico, astrónomo y matemático, todo a la vez, pero no he podido terminar ninguna carrera. ¡Se me da fatal estudiar! Yo, que soñaba con descubrir un planeta, una nueva especie de escarabajo o demostrar el teorema de Crispin... Bueno, al final me salí con la mía, pero a mi manera. Financio universidades, mu-

seos, laboratorios... Si buscas mi nombre en un libro científico, lo encontrarás al principio, en la página de agradecimien-
tos. Mi última iniciativa ha sido crear un concurso para
jóvenes investigadores. He invitado a los cuatro finalistas a
alojarse durante tres semanas en mi casa. Les he organizado
encuentros con grandes científicos, han conocido a Charles
Darwin y a James Clerk Maxwell, han podido cacharrear en
mi laboratorio y pasar la noche en mi observatorio astronó-
mico. Mañana anunciaremos quién es el ganador, que se
llevará una beca de cincuenta libras

Gideon advirtió las señales de fatiga en el rostro del
joven, que hacía esfuerzos titánicos por no dejarse vencer
por el sueño.

—Perdona, solo hay una cosa que me gusta más que
la ciencia: hablar sin parar.

Se levantó de la cama y cerró la llave del gas. La
única fuente de luz fue la lámpara de queroseno que su-
jetaba.

—Una última cosa: hasta que recuerdes tu verdadero
nombre, tendremos que llamarte de alguna manera. —Tras
unos segundos de meditación, en su mirada saltó la chispa
de una inspiración súbita—. ¿Qué te parece «Nemo»?

—¿Nemo? ¿Como el capitán de *Veinte mil leguas de
viaje submarino?*

—¡Eso es! Así que has leído el libro.

—Eso parece —respondió el joven, algo perplejo.

—Julio Verne es mi autor favorito. *Nemo* significa
«Nadie». Era un príncipe hindú y ese vendaje que te ha hecho nuestro amigo Thorndyke te da el aire de un auténtico
marajá. Es perfecto.

El joven no tuvo ganas de discutir. Tampoco podía
negar que era una propuesta práctica.

—De acuerdo. Mientras no tenga una alternativa mejor, me llamaré Nemo.

—De acuerdo entonces, joven Nemo. Estás en tu casa. Cuando despiertes, te espera el pudín de ciruelas de la señora Sayers. Aunque no recuerdes cómo sabían los demás, puedes aceptar mi palabra: será el más exquisito que hayas probado nunca.

Nemo asintió y, a bordo de su *Nautilus* particular, se sumergió en un sueño profundo.

Capítulo segundo

En guardia

Le despertó un desagradable zumbido en los oídos. Le escocían los puntos bajo el vendaje y su mente seguía a la deriva, flotando en un mar de dolor. Con todo, un resorte poderoso, una fuerza de su carácter, le impelía a abandonar la cama y ponerse en marcha.

Se levantó muy despacio y se vistió con la ropa que encontró plegada sobre una banqueta, al pie de la cama. Mientras lo hacía, advirtió junto al ángulo de la ventana un espejo de vestir. Le asaltó un hondo desasosiego. ¿Cómo sería su rostro? El escaparate de la tienda de té y café le había dejado una impresión demasiado vaga. Se aproximó muy despacio, dividido entre la necesidad imperiosa de saber y un absurdo pavor a descubrir un rostro deforme. Su imagen provocó en él la misma reacción que la de cualquier desconocido. Desde el reflejo le contemplaba un joven de mirada penetrante, con la nariz aguileña y el mentón cuadrado. Ni muy alto ni muy bajo, aunque su delgadez realzaba su estatura. Tendría unos quince o dieciséis años. Vestía con un estilo desenfadado. El pelo largo, la chaqueta verde con coderas y una bufanda roja le daban un aspecto bohemio. Desde luego, su indumentaria no correspondía ni a un obrero, ni a un criado ni al dependiente de un comercio. Tampoco a un hombre de negocios y menos aún a un noble o un terrateniente. ¿A un estudiante de bellas artes, quizá? No supo si su cara le gustaba. En realidad, le pareció detectar un aire arrogante en su expresión que le desagradó un poco.

Rebuscó en los bolsillos de la chaqueta y extendió su contenido sobre la colcha de la cama: un reloj de bolsillo y dos pequeños paquetes de papel. En la tapa del reloj descubrió dos letras grabadas: S. H. ¿Serían las iniciales de su nombre? ¿Sean Hastings? ¿Stanley Hodgson? ¿Sheridan Hawking? Deshizo el cordel de los paquetes. El primero envolvía dos fajos de billetes de banco. Los contó con cuidado. Sumaban cien libras, una cantidad más que considerable. ¿Serían sus ahorros? Se rascó con inquietud el cuello, justo debajo de la venda. ¿Sería dinero robado? El segundo paquete ofrecía un contenido más desconcertante aún: tres piedras de color bronce. Había algo exótico en ellas, que le hizo pensar que procedían de otro planeta. Eran duras y las cubría una costra áspera de cristalitos.

Su abrigo colgaba del gancho de un perchero. Hurgó en los bolsillos y extrajo de uno de ellos una bola de masilla, del tamaño de una aceituna. La hizo rodar sobre la palma de la mano. Debía de haberla aplastado con su cuerpo al caer en el callejón. Solo había sobrevivido una fracción sin despachurrar, donde se definían tres vértices de un poliedro.

Cien libras, un reloj con dos iniciales grabadas, tres piedras y una pelota de arcilla... Aquellos objetos eran los elementos de un jeroglífico que no supo descifrar. El dinero parecía un indicio bastante sólido de que andaba metido en algún asunto turbio. Se encogió de hombros. El golpe había borrado cualquier preocupación del pasado, dejando espacio a una sola: ¿quién lo había atacado y por qué? La única pista que tenía eran las huellas de unos zapatos. Por precaución, escondió el dinero y las piedras dentro de una urna decorativa, sobre la repisa de la chimenea.

Las horas de sueño, en lugar de aliviar su mareo, lo habían acentuado. Al salir del cuarto trató de orientarse. Se encontraba en el segundo piso de la mansión, en un corredor que rodeaba el hueco de una escalera. Consultó la hora en un reloj de mesa: eran las cinco y media. Por la posición del sol dedujo que la pared del fondo pertenecía a la fachada que daba a la entrada. Avanzó con paso renqueante.

A su izquierda, sobre el dintel de una puerta acristalada, colgaba un letrero con la palabra *laboratorio*. Al otro lado del vidrio esmerilado se intuían las filas de bancos de trabajo. Pasillo adelante, a un par de metros, una voz escapaba por las rendijas de la última puerta, frente a la escalera. Aunque llegaba amortiguada, transmitía intacta su carga de impaciencia. Nemo no pudo evitar pegar la oreja.

—Vamos, Poe. ¡Vamos! Que no tenemos toda la tarde... ¡Venga de una vez! No seas cabezota. Cómo se nota que somos virginianos, ¿eh? ¡Muy bien! ¿Te quieres hacer el tonto? ¡Pues ya te has quedado sin comer!

Una batería de golpes estremeció las paredes y unos pasos se acercaron. Nemo se apresuró escaleras abajo, con la mirada, por encima del hombro, fija en la puerta, que no se abrió. Quedaba demostrado que en la mansión de Gideon

K. Crispin no todo el mundo compartía la amabilidad de su dueño. ¿Pertenecería la misteriosa voz a su agresor?

Al volver la vista al frente, Nemo estuvo a punto de darse de bruces contra un gigantesco árbol de Navidad. Las bombillas lo deslumbraron. Era la primera vez que contemplaba un árbol con luces eléctricas. Aunque no podía recordarlo, hasta entonces solo había conocido la iluminación tradicional con velas. Tan grande era el abeto que para adornarlo se había recurrido a un mar de espumillones de plata, bolsitas de papel rellenas de almendras garrapiñadas y varias campanas de latón de las que se utilizaban para llamar al servicio.

Nemo apartó los ojos de las bombillas y comprobó que se había orientado bien: a una decena de metros reconoció el lugar donde se había desmayado: el vestíbulo de la entrada. Al acercarse detectó un ligero olor a vinagre. Una diferencia en el tono de la madera señalaba las tablas donde habían fregado su rastro de sangre. Al oír unos pasos a su espalda, se giró y se encontró con Dickson, que en ese instante salía de la sala de billar. El mayordomo, que cargaba con una bandeja llena de copas, le dedicó una mirada peculiar.

—¿Buenas tardes? —Dickson pronunció las palabras más como una pregunta que como un saludo.

—Mejores que hace unas horas. Eso, seguro.

—Me alegra oírlo, señor.

Nemo se sentía un poco avergonzado por su dramática aparición de hacía unas horas.

—Le agradezco que me recogiera y me atendiera.

—No tiene por qué hacerlo, señor. Suelo recoger todo lo que encuentro tirado en el suelo —bromeó Dickson—. Los otros... jóvenes están en el...

No llegó a terminar la frase. Un disparo los sobresaltó. Dickson no pudo impedir que las copas brincaran con él, pero con un movimiento preciso de la mano, la bandeja las atrapó de nuevo, sin que se vertiera una sola gota.

La detonación vino acompañada de una carcajada casi igual de escandalosa. Al girarse, Dickson y Nemo clavaron los ojos en el joven que acababa de hacer su entrada en el recibidor. Lucía un espléndido abrigo verde manzana y una corbata de seda color de guinda. No venía armado. Cargaba con una caja llena de tubos de cartón, envueltos en papel brillante. Eran *crackers*, la última moda navideña de los ingleses. Al tirar de los extremos de cada tubo con fuerza, se rompían con un sonoro estallido, liberando un pequeño cargamento de regalos y caramelos. El joven sostenía la caja sobre una rodilla y sus manos acababan de partir uno de los *crackers*. Su espíritu festivo se desvaneció en cuanto fijó su atención en Nemo. Quedó tan atónito como Dickson en el momento de abrirle la puerta. Alarmado por su expresión, Nemo temió que se le hubiera abierto la herida de nuevo. Se llevó la mano al vendaje para comprobar si sangraba: la tela parecía seca y en su sitio.

—*Cuando estoy en el bosque, soy verde y muy alto. Cuando me llevan a casa, me adornan que es un encanto.*

Ahora le llegó al joven del abrigo el turno de sobresaltarse, al escuchar aquella voz profunda a su espalda. Pertenecía a Clifford Ashdown, que se había incorporado al grupo a hurtadillas. Se trataba de un joven larguirucho y de expresión maliciosa. A cualquier hora del día, Clifford parecía recién salido de la cama. Sus pelos ingobernables libraban entre sí una batalla campal y llevaba toda la ropa arrugada. Además, iba en mangas de camisa, sin chaqueta ni chaleco, lo que suponía un desafío en toda regla a las normas de etiqueta de la Inglaterra victoriana. Había recogido del suelo el papelito que había caído del *cracker* y había leído la adivinanza que contenía, con un inconfundible acento norteamericano. Cuando terminó de leer, hizo una bola con el papel y se la tiró a la cabeza al joven con el abrigo verde manzana.

—*Verde, lo adornan que es un encanto...* Podrías ser tú, James. Pero no eres alto. Más bien eres... canijo. Entonces debe ser el árbol de Navidad. Y tú —dijo reparando en Nemo— debes ser... Memo.

—¿Memo? —preguntó perplejo el joven de los *crackers*.

—Esa cara de listo que tienes engaña, James: no te enteras de nada. —Clifford disfrutaba a fondo del desconcierto de su compañero—. Permíteme que haga las presentaciones: este es James, un gran tipo a pesar de que vaya vestido como un mamarracho. James, este es Memo, o Nemo, nuestro enigmático visitante. Se presentó sin avisar hace unas horas, poniéndolo todo perdido de sangre. La pobre señorita Marsh lleva toda la tarde rascando el suelo de la entrada con un cepillo de acero.

—Y ¿cómo...? —James se interrumpió, sin saber muy bien cómo formular la pregunta.

Clifford se encogió de hombros con expresión cómica.

—¿No lo sabes tú? Yo tampoco. ¡Y no se lo preguntes a él! Ha perdido la memoria.

—¿En serio? —James dedicó a Nemo una mirada cargada de incredulidad.

Clifford buscó la confirmación de Nemo, que asintió ausente. Sus ojos se habían clavado en los pies del

31

norteamericano. Calzaba unos zapatos de jugador de béisbol, tres tallas más grandes que los que habían dejado su rastro en la nieve del callejón. Clifford aprovechó que el mayordomo se marchaba para susurrar al oído de Nemo:

—No le gustamos. El bueno de Dickson cree en los espíritus y una vez a la semana acude a un cuchitril de Cagliostro Street, a gastarse seis chelines en un médium: monsieur Rouletabille. Allí pasa las horas hablando con sus viejos compañeros del regimiento treinta y dos, muertos en el asedio de Krishnapur. James y yo le hemos gastado un par de bromas formidables. Hasta le dejamos en la cama un ectoplasma hecho con puré de calabaza. Por cierto —dijo, dirigiéndose a James—, ¿dónde te habías metido? Llevo toda la tarde buscándote.

Por toda respuesta, James le mostró el contenido de la caja que sostenía. Al descubrir los tubos de cartón, envueltos en papel brillante, la garganta de Clifford dejó escapar una cascada de risitas guturales.

—Oh, jo, jo, jo.

Sonó como un perverso Papá Noel. Sin pedir permiso, agarró un puñado de diez o doce *crackers* y, sin dejar de reír, desapareció doblando una esquina. Diez segundos después se oyó el primer estallido, seguido de la rotura de una pieza de loza, un grito agudo de la señorita Marsh y unos pasos que se precipitaban en la huida. James dirigió a Nemo una sonrisa culpable.

—He abierto la caja de Pandora, lo sé. Pero ¿qué otra cosa podía hacer? Estábamos a punto de morir de aburrimiento. ¿Quieres?

Con un gesto le ofreció la caja. Nemo la miró y rehusó la invitación.

—No tienes un espíritu muy navideño...

—Debí de perderlo cuando me abrieron la cabeza.

—Ya. Bueno, luego te ponemos a tono con unas panderetas y unos villancicos. Ya conoces a Dickson. Clifford no le cae demasiado bien. En realidad no le cae bien a casi nadie. Que quede entre nosotros, pero a mí tampoco. ¿Quieres que te presente a los demás?

Nemo dirigió una mirada inquisitiva a los zapatos de James. Unos relucientes botines de charol de punta redonda.

—Por favor...

Mientras James se adelantaba para indicarle el camino, Nemo lo estudió con cuidado. Era más bajo que la media de jóvenes de su edad, pero el tamaño de su cabeza compensaba la diferencia. Existía un gracioso desequilibrio entre su complexión perfectamente proporcionada desde los pies hasta el cuello y el enorme cráneo que venía a continuación.

La primera impresión de Nemo fue que el cuerpo y la cabeza pertenecían a personas diferentes. Esta desproporción hacía que su rostro pareciera aumentado y que su vivaz expresividad atrajera la atención más todavía. Sus brazos parecían fuertes y las alzas de los zapatos le proporcionaban suficiente estatura para haber golpeado a Nemo.

El joven desempeñó a la perfección el cometido de guía. Amenizó el recorrido con toda clase de curiosidades, no solo acerca de la casa, sino también de su dueño.

—Al verte con el vendaje, pensé que te habría estallado la cabeza mientras escuchabas un monólogo del señor Crispin. ¿Te ha soltado alguno? Es un apasionado de la ciencia, pero también le fascinan los fenómenos paranormales. Una mezcla explosiva. Es una gran persona.

Se habían detenido al final de un corredor del segundo piso, frente a una elegante puerta de nogal, donde relucía un pomo dorado. Con un ademán ceremonioso, James la abrió y se hizo a un lado, invitando a Nemo a pasar.

—La biblioteca...

El piso de madera era más antiguo allí que en el resto de la casa. Las tablas crujieron como la cubierta de un viejo velero, dando la bienvenida a Nemo. Sus ojos recorrieron un cuarto ovalado, con las paredes forradas de estanterías, desde el suelo hasta el techo. Allí convivían en buena armonía cerca de un millar de libros, que se resguardaban de la humedad y el polvo tras unas puertecitas de cristal. Apenas había más muebles: un escritorio de caoba con cajones y unas butacas cómodas, con mesitas bajas para apoyar los libros.

Junto al escritorio había sentada una joven, que mojaba la pluma en un tintero. Estaba terminando de escribir una carta. No levantó la vista del papel hasta que James se acercó y le arrebató la pluma de los dedos. Entonces lo contempló aturdida, como si la arrancaran de un trance.

—Perdona mi grosería, Marie, pero tenemos visita.

Siguiendo el gesto de James, Marie descubrió al joven del turbante.

—El desconocido del que nos habló el señor Crispin... —Se levantó para ofrecerle la mano a Nemo—. Encantada. Yo soy Marie.

Su cabello rubio, muy fino, se deshacía en una pelusilla dorada al llegar a las puntas, que dispersaban la luz, desplegando alrededor de su cabeza una especie de aureola. El flequillo apenas cubría su frente alta, que recordaba la visera de un casco medieval. Mientras el joven la examina-

ba, ella a su vez lo radiografió. En sus ojos pequeños, viva-
ces, latía el pulso de una inteligencia fuera de lo común.
Nemo le estrechó la mano.

—Encantado. Siento no poder presentarme. No tengo la más remota idea de quién soy.

—No te preocupes. A veces también yo tengo esa
sensación. —El acento extranjero de Marie maltrataba un
poco las palabras, pero resultaba perfectamente inteligi-
ble—. El señor Crispin nos pidió que te llamáramos...

—Sí, perdona: soy Nemo, como el capitán Nemo. No
sé si voy a acostumbrarme a ir soltando eso por ahí.

—No tendrás que hacerlo. Pronto habrás recuperado la memoria. ¿Cómo te encuentras?

Nemo sonrió.

—No sé. ¿A punto de vomitar en cualquier momento?

—Bueno es saberlo —intervino James, separándose
un poco del joven—. Me imagino lo que estarás pensando: ¿Marie también participa en el concurso? ¿Cómo es
que se nos ha colado una mujer? —se encogió de hombros, con una cómica resignación—. El señor Crispin se
distingue tanto por sus virtudes como por sus defectos. No
solo pierde la cabeza con el espiritismo, también es sufra-
gista. En el fondo casi es lo mismo. ¿Has oído hablar de
Lydia Becker?

—Sé quiénes son las sufragistas, abogan por el
voto femenino.

—Exacto. El señor Crispin no solo lee sus panfletos
y acude a sus reuniones, ¡también las financia! —James
simuló un escalofrío—. Así que invitó a las jóvenes de todo
el planeta a participar en su concurso. Marie no solo tuvo
la desfachatez de responder al desafío, parece que tam-

bién ha entregado uno de los mejores trabajos. Clifford no lo lleva muy bien.

—Reconoce que tú tampoco, James —Marie le guiñó un ojo a Nemo—. No pueden soportar la idea de que una mujer sea más lista que ellos. Si el señor Crispin me concede el premio se arrojarán al Támesis de cabeza. Estoy deseando ganar.

Nemo mostró más interés por los pies de la joven que por sus méritos científicos. Calzaba unas botas voluminosas, que no hubieran desentonado en un explorador polar. Su piel cuarteada exhibía mil costras de barro, espinas de cardo, manchas, cortes y remiendos. Los clavos de acero de la suela hubieran reducido el parqué a astillas de no ser porque la casa del señor Crispin estaba forrada de gruesas alfombras. La suela de aquellas botazas no podía encajar menos con las huellas que había visto en el callejón. Además, Marie era demasiado baja para haberlo golpeado, aunque por su expresión determinada no dudó que sabría cómo abrirle la cabeza a quien se lo propusiera.

—Le estaba haciendo un recorrido por la casa —le aclaró James a Marie—. Anda, ayúdame. ¿Hay algo en la biblioteca que le pueda enseñar? Además del loro disecado.

—Hombre, está el prisma de Newton —apuntó ella.

—¡Es verdad! —James se dio una palmada en la frente.

Señaló con el dedo una mesita baja, donde las vetas de la madera, clara y oscura, dibujaban las casillas de un juego de ajedrez. Sobre ella descansaba un soporte con una barra de vidrio de sección triangular.

—Se supone que es uno de los prismas que sir Isaac Newton compró en un puesto de la feria de Stourbridge, en agosto de 1665. Con él descompuso por primera vez la luz en un arcoíris.

Nemo tomó el prisma del soporte y lo examinó.

—Lo dudo mucho.

—Yo también, desde luego, pero ¿por qué lo dices?

Antes de contestar, Nemo cogió una lupa de encima del escritorio y, a través de la lente de aumento, inspeccionó las caras del prisma.

—Es demasiado transparente. En la época de Newton, las impurezas de hierro le daban al vidrio un color verdoso. Además contenía muchas burbujas y aquí no aprecio ninguna.

—Impresionante. ¿Y cómo sabes tú todo eso?

—Ni idea. —Nemo devolvió el prisma a su sitio—. No recuerdo cuándo ni cómo lo aprendí.

—Ya, bueno. Pues mejor no le digas nada al señor Crispin. ¡Pagó quinientas libras por el prisma! Además, aunque sea falso, hace bien su papel: mira qué bonito.

James corrió la pesada cortina que enmarcaba la única ventana de la biblioteca. El cuarto se sumió en una oscuridad casi completa. En la cortina, Gideon había recortado un pequeño agujero para dejar pasar un rayo de luz. Cuando sus ojos se acostumbraron a la penumbra, vieron cómo se perfilaba: una línea recta de oro, en la que bailaban las motas de polvo. Cruzaba el cuarto hasta alcanzar el prisma y, al atravesarlo, se abría en un abanico de colores. Una pequeña pantalla, sobre una estantería, recogía el despliegue de franjas azules, verdes, amarillas y rojas. James descorrió la cortina preso de una gran excitación. Los ojos le brillaban.

Mientras Marie y Nemo parpadeaban en silencio, acostumbrándose de nuevo a la claridad, escucharon las campanas de la iglesia de St. Peter. James confirmó la hora en su reloj de bolsillo.

—Marie, dejo a Nemo en tus manos. Falta media hora para la cena y tengo que cambiarme.

—No, no tienes por qué. Estás impecable.

—Sin duda lo estoy. Ahora. En unos minutos mi chaleco color petunia, mis pantalones a rayas y mi corbata burdeos me quedarán tan ridículos como las pieles de un troglodita. ¡Un gentleman siempre viste de riguroso blanco y negro para cenar!

Marie observó cómo se alejaba.

—No he conocido a una persona más presumida. Ni más inteligente. James es un genio de las matemáticas. Parece que ha desarrollado un método para determinar la órbita de los asteroides que mejora el de Gauss. —Recogió del escritorio la carta que no había terminado, la plegó y la guardó en un bolsillo de su falda—. Venga, vamos a ver qué te puedo enseñar.

En su recorrido, Marie pasó de largo junto a una puerta de acero, de dos hojas, sobre la que colgaba el símbolo alquímico del Uróboros, la serpiente que se muerde la cola. El ojo de la cerradura llamó la atención de Nemo. Tenía un contorno extraño: un polígono de siete lados.

—¿Y esta habitación?

La joven alzó las cejas para darse un aire enigmático y luego se encogió de hombros.

—Es el cuarto de Barbazul. El señor Crispin nos deja entrar y salir de cualquier habitación de la casa. Las únicas excepciones son su dormitorio, las alcobas de los criados y lo que haya al otro lado de esa puerta misteriosa.

—Todo el mundo tiene derecho a la intimidad.

—Eso mismo pienso yo.

Así que Marie y Nemo dejaron atrás la serpiente y la puerta metálica. Mientras repasaban la colección de autómatas de la sala de música, pegaron un respingo ante un nuevo estallido. Se cruzaron con la señorita Marsh, que cargaba con una pila de toallas y puso los ojos en blanco. Marie dirigió una mirada interrogadora a Nemo.

—Es... Clifford, creo que se llama, ¿no? Un chico alto y desgarbado.

Marie asintió.

—¿Quién iba a ser si no? ¿Y qué está haciendo? ¿Se sacó el traje de vaquero y se ha liado a pegar tiros?

En dos palabras, Nemo le resumió la historia de los *crackers*.

—Es uno de los graciosos con menos gracia que he tenido la desgracia de conocer —rezongó Marie—. Bueno, hemos llegado a mi rincón favorito: el salón.

Nemo estuvo de acuerdo en que se trataba de la estancia más bonita de la casa, pero le pareció una broma llamarlo «rincón».

De hecho era enorme. En su magnífica chimenea debía de arder medio bosque de Sherwood. Desde la entrada, la decoración ofrecía una impresión convencional, pero al detenerse en los detalles nada era lo que parecía. Al mirar de cerca el papel vainilla de las paredes se advertía que sus dibujos no eran exquisitos motivos vegetales, sino ecuaciones matemáticas, escritas con una hermosa caligrafía. La alfombra turca desplegaba en su diseño un magnífico entramado de moléculas. Desde los retratos de las paredes no les observaban los antepasados del señor Crispin, sino alquimistas, químicos, físicos, matemáticos y astrónomos. Sobre las arañas de cristal que colgaban del techo, Nemo descubrió un impresionante fresco que reproducía todas las estrellas del hemisferio norte.

—Son todas piezas únicas, se supone —le explicó Marie, señalando el centenar de objetos que abarrotaban las repisas, las mesas y las vitrinas: había viejos telescopios, astrolabios, rollos de papiro, un cuerno de unicornio, una concha de tortuga—. Mira, esas son las bolas que Galileo dejó caer desde lo alto de la Torre de Pisa. Y ahí tienes la cometa de Franklin. Sospecho que más de la mitad son falsas. —Vio que Nemo se fijaba en la maqueta de un barco romano—. Creo que representa una de las naves que Arquímedes prendió en llamas.

Hablando de llamas, junto al hogar de la chimenea, Nemo distinguió a un joven pecoso, de piel lechosa y un pelo rubio descolorido que recordaba al heno recién cortado.

Leía en una butaca de terciopelo rojo. Por su postura, apoyado justo al borde del asiento, parecía dispuesto a salir corriendo a la menor provocación. Antes de que advirtiera su presencia y cerrara el libro de golpe, Nemo pudo apreciar que sus páginas estaban cubiertas de símbolos esotéricos.

—Johan, te presento a Nemo.

El joven se levantó, muy tieso.

—Encantado.

Al estrechar la mano que le ofrecían, Nemo la notó fría, húmeda y temblorosa. Era como agarrar una trucha recién pescada del río.

La timidez extrema de Johan se combinaba con un rostro interesante y una mirada hipnótica. Parecía el guardián de un terrible secreto que fuera a aniquilarlo en cualquier momento.

Una fuerte detonación, procedente de la biblioteca, hizo que los tres dieran un brinco.

—¡La madre que lo...! —Marie no completó la frase, pero Johan y Nemo lo hicieron por ella, mentalmente—. ¿Se puede saber cuántos *crackers* le dio James?

—Más de media docena, seguro —repuso Nemo.

El joven estudió los zapatos de Johan con discreción. Desde luego no eran de manufactura inglesa. No llevaban cordones y se cerraban con una tira y una doble hebilla. Tampoco encajaban con las pisadas del callejón.

Clifford entró corriendo en el salón y se reunió con ellos, mirando por encima del hombro, como si le persiguiera una tribu de caníbales. A punto estuvo de llevarse por delante una vitrina con una colección de insectos en ámbar. Después de asegurarse de que nadie lo seguía, hizo frente a las muecas de reproche de Johan, Marie y Nemo.

—Oye, si las miradas mataran caería fulminado ahora mismo.

—No tendremos esa suerte. ¿No te das cuenta de que le caes fatal a todo el mundo? —le espetó Marie—. Eres lo único malo de este viaje y la única razón de que me vaya a alegrar cuando termine.

—Gracias, Marie. Para eso lo hago, para que no me eches de menos. —Mientras recuperaba el aliento, Clifford se apoyó en Johan—. Bueno, qué, Johan, ¿ya le has aclarado a Memo sus dudas?

Era difícil precisar qué incomodaba más a Johan: que Clifford se apoyara en él o que lo hubiera convertido en el centro de atención.

—¿Qué dudas? —preguntó con el ceño fruncido.

En lugar de contestarle, Clifford se dirigió a Nemo.

—¿No te lo han dicho? Johan tiene poderes. —Agitó los dedos de las manos, como un espectro—. Es un médium muy, muy poderoso. Es lo mejor que nos han dado los noruegos después del salmón ahumado. Si le dejas un pelo o un moco, sabrá decirte tu nombre, cuál es tu color favorito o qué talla de pijama usas. ¿Me equivoco?

—Déjame en paz —gruñó Johan.

—Venga, hombre. No seas tímido. Utiliza los poderes que te ha regalado la naturaleza para ayudar a este pobre hombre sin memoria.

Johan no contestó. Mantuvo su mirada febril en algún punto por encima de la cabeza de Marie. Clifford estaba disfrutando de lo lindo.

—Te desafío a que digas una cosa, una sola cosa, concreta de Nemo. ¿Cuál es su verdadero nombre?, por ejemplo. ¿Dónde nació? ¿Los chuletones le gustan al punto o muy hechos? ¿Ha pasado las paperas?

—Déjalo tranquilo, Clifford —le advirtió Marie.

—De eso nada, maja. Te recuerdo que este comediante compite con nosotros por la beca. ¡Y lo hace en nombre de la ciencia! Al señor Crispin le encantará saber que sus poderes son un camelo. ¡Un vendedor de humo! Amigo, quedas automáticamente descalificado para el premio.

Johan se mordía con tanta fuerza el labio que parecía a punto de arrancárselo. A Nemo le incomodó el hostigamiento de Clifford y se encaró con él:

—¿De verdad es eso lo que te impresiona? ¿El numerito del adivino? —le preguntó— ¿El señor Crispin me dará el premio si soy capaz de leer vuestros pensamientos?

—¡No me digas que tú también eres médium! —Clifford lo contempló maravillado—. La verdad es que con ese turbante pareces sacado de una barraca de feria.

—¿Qué me das si te demuestro que tengo poderes? —insistió Nemo, agitando los dedos para imitar el gesto de Clifford.

—Me estaré callado... cinco minutos.

—¡Aunque solo fueran tres valdría la pena que lo intentaras! —exclamó Marie.

Con un ademán teatral, Nemo cogió por sorpresa la mano de Marie y la sostuvo entre los dedos. Cerró los ojos. Ella sonrió intrigada. Clifford soltó una carcajada despectiva y Johan suspiró aliviado de que el foco de atención hubiera pasado a otra persona. Nemo dio a su voz una entonación profunda, como si buceara en la mente de Marie para atrapar sus pensamientos.

—Eres polaca. Habitualmente resides en Varsovia, pero llevas una temporada viviendo en el campo, en casa de tus tíos. Tu padre es maestro. Hace poco que tu madre falleció. Quieres ser química y el trabajo que vas a presentar en el concurso está relacionado con los explosivos.

En un acto reflejo, Marie retiró la mano. Su rostro había perdido el color y ahora parecía más pálida que Johan. Clifford la observó con desconfianza, convencido de que se había compinchado con Nemo, pero la profunda turbación de la joven le hizo cambiar de opinión.

—Cómo... cómo has sabido... —titubeó Marie—. ¿Quién te lo ha dicho? —Fulminó a Clifford con la mirada—. ¿Has sido tú? ¿Es otra de tus asquerosas bromas?

—Palabra que no.

—¿Palabra? ¿Qué palabra? —Se indignó ella— ¡No has debido decir la verdad en tu vida!

—Eso es verdad —reconoció Clifford—. Ya sé que no vas a creerme, pero yo no le dije ni media palabra. ¡No sabía que tu padre fuera maestro ni que tus tíos vivían en el campo! ¡No nos lo dijiste!

—Tienes razón... Entonces...

Nemo se regodeó unos segundos en el desconcierto de los tres jóvenes.

—Parece mentira que seáis científicos —dijo al fin—. ¿Por dónde queréis que empiece? Ah, ¿cómo he sabido que eras polaca? Por tu acento nadie diría que naciste en Manchester. Suena a eslavo, pero mi oído no es tan fino como para identificar la nacionalidad. Cuando entramos en la biblioteca estabas escribiendo una carta. No llegué a leer una palabra, pero sí pude observar que a las vocales les añadías unos rabitos. —Con el dedo, Nemo dibujó las letras en el aire—. Las únicas lenguas europeas que los utilizan son el polaco y el lituano, pero en el lituano también se emplea otro símbolo, el macrón, que no usaste. Conclusión: eres polaca.

—¡Impresionante! —Todos giraron la cabeza al escuchar la exclamación de James, que acaba de hacer su entrada en el salón, luciendo un frac negro, con chaleco y corbata blancos—. No, no. Sigue, por favor, Nemo. No te quería interrumpir.

—El resto se basa en conjeturas más aventuradas. La pista principal es que estés aquí. ¿Cuántas jóvenes polacas han recibido la formación necesaria para aspirar a un premio como el del señor Crispin? ¿O incluso para enterarse de su existencia? Una campesina no, desde luego. Todo apunta a una chica de ciudad y la única ciudad polaca que conozco es Varsovia. Si he acertado en eso, ha sido un poco de chiripa. Y ya puestos en una ciudad, ¿en qué entorno podría situarte? Por tu aspecto y por la calidad de tu ropa no eres rica. ¿Qué profesión podría tener tu padre para darte una buena educación sin grandes medios? ¡Maestro, evidentemente!

—Y lo del campo...

—A pesar de que estamos en pleno invierno, todavía conservas algo de moreno en la cara y tienes la piel curtida. Has debido pasar una larga temporada al aire libre. ¿Y qué me dicen tus manos estropeadas? Que han trabajado la tierra. ¿Qué hace una chica de ciudad y con estudios en el campo? Visitar a la familia. Mejor a unos tíos que a unos abuelos, porque la esperanza de vida es de unos cuarenta años. ¿Y por qué ibas a mudarte? Por la pérdida de alguien muy cercano. ¿Tu padre? ¿Tu madre? Difícil elección. Me ha parecido que para que una chica tan joven reciba permiso para viajar sola desde Polonia a Inglaterra hacía falta la intervención de una fuerte autoridad paterna.

—La química...

—Al cogerte la mano he observado que tienes una cicatriz muy peculiar. Es la marca de los químicos. Se produce al intentar atravesar un corcho con una pipeta. A veces, al hacer presión, la pipeta resbala en el agujero del corcho y se clava en el dedo corazón. Apenas merece la pena que explique lo de los explosivos: hueles a pólvora y no tienes pinta de ir por ahí soltando bombas.

Las explicaciones despertaron un murmullo de admiración.

—Mmmhhh —gruñó Clifford sin darse por vencido—. Has tenido suerte. Eso es todo. Marie es demasiado exótica. ¿Qué puedes decir de mí?

Le tendió la mano, ofreciéndosela. Nemo la rechazó.

—Si no te importa, mejor no te toco. Tu horrible acento proclama a los cuatro vientos que eres norteamericano.

Te gusta la microbiología y el estudio del comportamiento animal. En concreto, de los cuervos. Pasas muchas horas adiestrando a uno. Se llama Poe y es de Virginia, como tú.

A medida que Nemo hablaba, la expresión de Clifford se había ido crispando. Cuando terminó, le apuntó con un dedo acusador:

—¡Has estado curioseando en mi cuarto!

Marie soltó una carcajada al ver su cara y hasta Johan se permitió una tímida sonrisa de revancha. Nemo disfrutó también unos segundos, antes de proceder con las explicaciones.

—Tienes el ojo derecho bastante irritado, mucho más que el izquierdo. Incluso puedo advertir una marca circular alrededor del párpado, prueba de que lo apoyas durante horas contra el ocular de un microscopio. De ahí, la microbiología. Aunque llevas la camisa llena de arrugas, me han llamado la atención unas rozaduras pequeñas, muy juntas, cerca del hombro. Son las que dejarían las garras de un pájaro al apoyarse. También veo señales de picotazos en la oreja y en las manos. Eso apunta a que inviertes mucho tiempo con un ave. ¿Por qué ibas a molestarte en traerla desde Estados Unidos? Como te veo muy preocupado por el premio del señor Crispin, deduje que no era una mascota. El pájaro tenía que estar relacionado con tu investigación. Sé que las aves más inteligentes son los cuervos.

—¿Y cómo demonios sabes su nombre? —explotó Clifford.

—Aunque te crees ingenioso, no me pareces muy imaginativo. Poe es norteamericano, como tú, y su poema más famoso se titula *El cuervo*.

Para lucirse más todavía, Nemo ocultó esta vez su principal fuente de información: el propio Clifford. Lo había identificado como el dueño de la voz que había escuchado al salir de su habitación. Entonces había regañado muy enfadado a un tal Poe, de Virginia, y lo había amenazado con dejarlo sin comer.

—¡Bravo! —James aplaudió—. ¿Y yo?

—Para ser justos, Marie ya me comentó que eres una especie de genio de las matemáticas. Aparte de eso, resulta evidente que tu familia está atravesando apuros económicos.

James parpadeó un par de veces antes de preguntar:

—¿Evidente? ¿Por qué?

—En apenas una hora he podido admirar dos de tus modelitos. Vistes ropa cara, pero te la has puesto muchas veces. El tejido está desgastado en los codos, en las costuras y en las mangas.

A James no le hizo demasiada gracia que aireasen sus miserias familiares, pero lo aceptó con deportividad. A fin de cuentas se lo tenía merecido por preguntar.

Los cuatro aspirantes al concurso científico del señor Crispin se rindieron ante la clarividencia de Nemo. El joven se sentía radiante. Entonces, en seguida, se dio cuenta de que había cometido una mayúscula estupidez. En lugar de desplegar sus dotes de observación discretamente, se había exhibido como un pavo real. El buen cazador nunca asusta a su presa. Podía estar seguro de que a partir de ahora su agresor mediría cada uno de sus pasos, para no delatarse.

Cuando el señor Dickson anunció que la cena estaba servida, el estómago de Nemo le recordó que llevaba horas vacío.

Capítulo tercero

En ascuas

Los arcos góticos que soportaban el techo y las vidrieras en las ventanas daban al comedor un aire de catedral medieval. La mesa redonda y las sillas, con un respaldo de madera muy alto, evocaban la presencia del rey Arturo. Sin embargo, faltaba el soberano de la mansión. Marie y James se extrañaron de la ausencia del señor Crispin.

—¿Suele cenar con vosotros? —preguntó Nemo.

—No se pierde una comida —asintió James—. Ha tenido que ocurrir una verdadera desgracia para que no venga a atizarnos uno de sus monólogos.

—Es muy parlanchín —confirmó Clifford—. Yo creo que esto del concurso no es más que una excusa para rodearse de jóvenes indefensos a los que atronar.

—Chsss, no seáis desagradecidos —les regañó Marie, con una sonrisa.

—Yo le estoy agradecidísimo —se excusó James—, pero eso no quita que sea un poco, digo, solo un poco, un poquito, plasta. ¿O a ti te gustaría escuchar otra vez su célebre anécdota de cómo trinchó el pavo de Navidad con las tijeritas de las uñas?

—Bueno, cuéntanos algo tú, Nemo —dijo Clifford—. ¿A qué te dedicas?

—Clifford... —le reprendió Marie.

—Perdón, es la costumbre. Era para romper el hielo.

Acababan de atacar el segundo plato, un espléndido pato trufado, cuando el chirrido de la verja del jardín estremeció las vidrieras. Siguió el tintineo de unas riendas, el trote de un caballo y las ruedas de un vehículo patinando sobre la nieve. Los jóvenes quedaron en suspenso. Ninguno oyó los pasos leves del señor Crispin, así que se sobresaltaron un poco cuando, minutos después, lo vieron surgir junto al quicio de la puerta, como un espectro. Ya se había quitado el abrigo y se había cambiado las botas por unas pantuflas. Sobre su birrete de terciopelo, unos copos de nieve terminaban de derretirse.

—Hola, perdonad el retraso. Anda, Nemo, ya te has levantado. ¿Cómo te encuentras?

La señorita Marsh le sirvió un buen plato de sopa. Era obvio que algún problema pesaba sobre el ánimo del señor Crispin. En lugar de enzarzarse en uno de sus soliloquios interminables, les hacía preguntas sin ton ni son. Al fin, Marie se atrevió a interrogarlo:

—¿Se encuentra bien, señor Crispin? ¿Ha pasado algo?

El anciano había quedado absorto, admirando su rostro, cabeza abajo, en el reflejo de la cuchara.

—¿Algo? —La pregunta lo alarmó y miró a la joven con los ojos tan abiertos que dejó de recordar un chimpancé para parecer una lechuza—. No, no, no... en absoluto. Para nada. No, no... Bueno, sí. Sí, sí, sí. Ha pasado algo. Algo. Desde luego. Tienes razón. Pero tampoco tiene importancia.

Marie asintió con una expresión amable y comprensiva, que le invitaba a continuar.

—¿Qué ha pasado?

—No quiero que os alarméis —dijo al fin el señor Crispin—, pero tampoco os lo puedo ocultar. Eso es verdad. Seguramente se trata de una broma. Una broma de mal gusto. He recibido... —mientras hablaba, sacó de un bolsillo de su chaleco un papel doblado— una amenaza de muerte.

Sus últimas palabras abortaron la sonrisa que apuntaba ya en la boca de Clifford. Los cinco jóvenes dejaron caer sus tenedores, que repiquetearon contra los platos como un redoble de tambor. Gideon dilató el suspense desdoblando con cuidado el papel. Lo alisó sobre el mantel con el dorso de la mano y se lo pasó a Marie, para que lo leyera en voz alta.

—«Si no nos entregas el ídolo antes de las doce del mediodía de mañana, Nachtali, el guerrero errante, caerá de las estrellas para recuperar su corazón. Y en pago, se llevará una parte del tuyo».

Clifford no pudo contener una risa ahogada.

—No suena como una amenaza muy seria.

—¿No? —Crispin se encogió de hombros, sin darle ni quitarle la razón, mientras recogía el papel y se lo guardaba.

—¿Quién es Nachtali? —preguntó Johan, en voz tan baja que apenas le entendieron.

—Un dios del Ártico. Lo adora una pequeña comunidad de esquimales.

—Eso cae bastante lejos, ¿no? —se extrañó James—. ¿Por qué la han tomado con usted?

Gideon no ocultó su perplejidad al responder:

—Parece que tengo a su dios. Al menos, una parte: su corazón.

Para una vez que los jóvenes le escuchaban expectantes, el anciano se mostraba reacio a hablar. Se debatía claramente en una duda, que al fin resolvió. Cogiendo uno de los candelabros de la mesa, se puso en pie.

—Os lo enseñaré.

Lo hubieran seguido a una catacumba y, en cierto modo, acabaron en una. La expectación creció cuando se dieron cuenta de que los conducía hasta la misteriosa puerta de acero con la cerradura poligonal. El señor Crispin se aflojó la corbata, se desabrochó el primer botón de la camisa y extrajo del cuello un cordón del que colgaba una pieza metálica, con un mango alargado que remataba un poliedro. Los triángulos de sus caras presentaban surcos y protuberancias. Su forma evocó en Nemo un vago recuerdo, que no acertó a concretar.

—¿Es una llave? —preguntó Marie.

—Eso es —asintió el señor Crispin, con un gesto de aprobación. Clifford frunció el ceño, como si la joven acabara de anotarse un punto a su costa.

Nemo tuvo una revelación súbita. La bola de masilla que había encontrado en el bolsillo de su abrigo era un molde de la cerradura poligonal del cuarto donde Crispin guardaba el ídolo. Se le aceleró el corazón y los latidos repercutieron en la herida bajo el vendaje. Una oleada de dolor lo aturdió. ¿Estaba implicado de algún modo en la amenaza?

Gideon insertó la pieza metálica en la cerradura y la volteó un par de veces. El mecanismo respondió con un chasquido. Para abrir la puerta, el anciano tuvo que apoyar todo su peso contra ella. Así penetraron en una habitación cuyas verdaderas dimensiones encubría la oscuridad. No había ventanas o, si las había, estaban clausuradas. Un resorte aseguraba que la puerta nunca quedase abierta. Cuando el último en pasar dejó de sujetarla, se cerró. La única luz procedía de las velas que enarbolaba Crispin. Olía a herrumbre y a cerrado. Les invadió la sensación de que se habían perdido en el interior de una cueva. Crispin agitó con rapidez el candelabro, a un lado y a otro, para proporcionarles un atisbo del espacio, pero de modo que tampoco distinguieran demasiado.

—El tesoro de la familia Crispin —dijo por toda explicación.

Tuvieron una efímera impresión de metales bruñidos y cristales, que atrapaban en sus reflejos las llamas del candelabro. En cuanto Crispin lo dejó quieto, se sumieron de nuevo en la negrura. Lo siguieron, un poco a tientas, con cuidado de no rezagarse, para no quedar fuera del ámbito luminoso de las velas. Tras una decena de pasos, Gideon se detuvo y alumbró una repisa. En el centro, sobre una peana de madera, descubrieron un fragmento de mineral. Tendría el tamaño de una guindilla.

—¿Eso es el ídolo? —se burló Clifford—. Parece una cagarruta momificada.

—Es la Roca Púrpura —precisó Crispin con tono enfático—. Está tallada con las manos y con herramientas de hueso. En el ártico. los oldennui no disponían de madera ni metales para fabricar mazas o cinceles. Es más antigua que las tablillas babilónicas, desgastada por siglos de veneración.

—¿De verdad quieren recuperar esa birria minúscula?

—Para ellos tiene un er... valor sentimental, supongo. O más bien simbólico. Representa el corazón de su dios.

La Roca Púrpura centelleaba como si la hubieran espolvoreado con azúcar. Ofrecía un aspecto terroso, con infinidad de incrustaciones cristalinas. Los oldennui habían abierto surcos en su superficie y habían tallado pequeñas espinas, que le daban un aspecto retorcido e inquietante.

—Pues tiene un corazón horroroso. —James contemplaba el ídolo fascinado—. Ahora me explico que sea un dios vengativo. ¿Por qué no se lo regala? Seguro que la decoración del cuarto lo agradece.

Gideon se escandalizó.

—¡Es una pieza única! La Roca Púrpura procede del espacio exterior. Fijaos, esa cobertura cristalina se produjo en su roce con la atmósfera. Según los esquimales, los antepasados de sus antepasados la vieron caer del cielo. Creen que Nachtali se desprendió de un trozo de su corazón para guiarlos.

—Hombre —rezongó Marie, arrugando la frente—, entonces puedo entender que no les haga gracia que se la arrebaten.

—¡Pero si me la vendieron ellos! —exclamó el señor Crispin, con sus grandes ojos a punto de salirse de las órbitas. El juego de luces y sombras de las velas le daba un aire casi diabólico—. No llego a entender qué les hizo cambiar de opinión. Quizá un grupo de oldennui la robó y la vendió a espaldas de los demás... Hace una semana me vinieron con el cuento de que se la devolviera. Por supuesto, no pensaban reembolsarme el dinero. No estamos hablando de dos o tres chelines. Bien que pagué por ella... En la subasta de Sotheby's, Nigel Ackroyd no pudo seguir el ritmo de las pujas. ¡Mil, mil quinientas! ¡Dos mil libras!

—¿Quién es Nigel Ackroyd? —preguntó Nemo.

—Uno de los mayores coleccionistas de gemas y minerales del mundo. También es uno de los mayores sinvergüenzas. Ganó una fortuna con el comercio de esclavos en

Costa de Oro. Pero esta vez se quedó con un palmo de narices. —El señor Crispin se encogió de hombros, con expresión pícara—. Que se fastidie. Este meteorito es rarísimo. Hace millones de años, Marte recibió el impacto de un asteroide, que le arrancó un trozo de corteza. Así fue cómo la Roca Púrpura salió despedida al espacio y, después de recorrer doscientos millones de kilómetros, aterrizó en la Antártida.

Nemo observaba hipnotizado la roca alienígena. Tenía una textura casi idéntica a las piedras que había descubierto en el bolsillo de su abrigo. La coincidencia le dio muy mala espina. Junto al dinero, confirmaba que estaba envuelto en algo turbio. ¿Sería un ladrón al servicio de unos esquimales desquiciados? ¿O de un coleccionista sin escrúpulos? Clifford se había dado cuenta de su inquietud y trató de disimular.

—¿Y qué piensa hacer? —preguntó Marie.

El señor Crispin se quitó el birrete para rascarse la cabeza.

—Pues no pensaba hacer nada, pero cometí el error de comentárselo a uno de mis mejores amigos, Fabian Teal. Da la casualidad de que también es superintendente de Scotland Yard. No quería alarmarlo, pero él se ha tomado muy en serio la amenaza. En su opinión, cabe la posibilidad de que sea obra de un chiflado. Quiere que me encierre en el cuarto más seguro de la casa y que espere allí hasta que pase la hora a la que, según la nota, Nachtali me robará el corazón. Ha insistido en enviarme mañana a dos de sus mejores detectives.

De vuelta al comedor, el señor Crispin siguió discutiendo animadamente con Marie, James y Clifford. Nemo compartía el silencio atormentado de Johan. Gracias a su

vendaje de marajá no tuvo que inventarse ningún pretexto
para retirarse. La cabeza le dolía de un modo atroz. Recogió una de las velas que la señorita Marsh había dispuesto
en una mesita junto al deslumbrante árbol de Navidad y
subió las escaleras. Una vez en su cuarto apagó la vela,
cortó la llave del gas y se arrojó sobre la cama. Apenas tuvo
fuerzas para sacarse los zapatos, hacerse un ovillo y taparse
con las mantas. Permaneció una hora con los ojos cerrados
y las mandíbulas apretadas, para no gritar de dolor, hasta
que por fin cayó dormido de puro agotamiento. Tuvo dos
sueños. En uno encarnaba a Nachtali y robaba el corazón
del señor Crispin. En el segundo sueño supo identificar a la
persona que lo había atacado en el callejón, pero al día siguiente ya no recordaba quién era.

Capítulo cuarto

En vilo

Cuando despertó rayaba la primera luz del día. Una claridad cenicienta atravesaba las cortinas, sin apenas fuerza para arrancarle colores a los objetos de la habitación. La jaqueca había amainado, pero un dolor sordo seguía latiendo en sus sienes. Nemo invirtió los primeros minutos de la mañana en tratar de recordar, pero su pasado seguía envuelto en una bruma tan espesa como la que desdibujaba los árboles del jardín, al otro lado de la ventana.

Comprobó que las piedras y el dinero seguían en su sitio, bien escondidos en el fondo de la urna. Vertió agua en una jofaina y se lavó la cara. Después de secarse, descorrió del todo las cortinas y abrió la llave del gas para prender la lámpara del techo. Se colocó frente al espejo, de manera que su cuerpo quedara expuesto a la máxima cantidad de luz. Respiró hondo y se observó con atención. Ahora que no tenía un público frente al que fanfarronear, ¿qué podía deducir de sí mismo? Respiró hondo, se frotó las manos y trató de concentrarse en lo que veía. Su camisa era de algodón, muy desgastada. ¿La había comprado de segunda

mano a un vendedor callejero o es que la había usado mucho? En cualquier caso quedaba descartado que fuera el hijo de un millonario. Al fijarse con más atención, descubrió unas salpicaduras de aceite en el pecho y en la cara interior del antebrazo. Se visualizó con una sartén en la mano. Friendo. En Inglaterra se freía con manteca, en algunos países de Europa con aceite. Aquellas manchas recientes sugerían que acababa de regresar de Francia, Italia, Grecia o España. ¿Qué lenguas extranjeras conocía? Trató de hablar en otro idioma. Tras unos minutos de bloqueo fluyeron las palabras: *la chambre jaune... La maison interdite...* Sabía francés.

Examinó el reloj. Le pareció un modelo de ferroviario, con caja de acero. Había perdido el baño de cromo y estaba muy oxidado. El agua se había filtrado al interior y había manchado de humedad el disco de porcelana con los números pintados. Siguiendo un presentimiento descolgó el abrigo, hundió la nariz entre los pliegues de la tela y aspiró con fuerza. Olía a salitre, lo que confirmaba que había realizado un viaje por mar. Al examinar con más detenimiento el pliegue del cuello detectó trazas de hollín. Era la señal de todos los pasajeros de tren, sobre todo si viajaban en vagones de tercera clase, más próximos al fogón de la locomotora.

Sus manos ofrecían un aspecto extraordinario. Pudo detectar al menos una docena de pequeñas lesiones, en diversos estados de cicatrización. Por las magulladuras en los nudillos supo que practicaba el boxeo, algo que explicaba, quizá, que le faltara una muela. Los callos en el interior de las falanges apuntaban a que a menudo empuñaba con fuerza el mango de algún instrumento. A lo largo del índice y el pulgar descubrió un largo arañazo. Le pareció la marca causada por el roce con la guarnición de una espada. ¿Practicaba la esgrima con frecuencia?

Aunque llevaba días sin lavarse la ropa (una deducción elemental), no advirtió en ella rastro del tizne característico que dejaba la contaminación londinense. La había detectado en el abrigo de James, por ejemplo, o en el vestido de Marie. Por tanto, debía de llevar poco tiempo en la ciudad. Se sentó en una butaca, apoyó la nariz sobre la punta de los dedos y repasó la información que acababa de reunir. Había llegado de Francia en barco y desde el puerto había cogido un tren. Sabía boxeo y esgrima. ¿Eso quería decir que era un matón?

Olió las piedras. No habían tenido tiempo de impregnarse con el olor a salitre del abrigo. ¿Se las habría entregado la persona que lo había dejado inconsciente en el callejón? ¿Había venido desde Francia para robar el corazón de Nachtali? ¿Había recibido el encargo de los esquimales? ¿O de Nigel Ackroyd?

Después de guardar el reloj y esconder de nuevo el dinero y las piedras en la urna, decidió salir para aclarar sus ideas. En el jardín reinaba un silencio desapacible. Solo el roce de sus botas al hundirse en la escarcha producía un sonido amortiguado. Los pájaros tiritaban sin ganas de cantar a la salida del sol. Las chimeneas de la cocina y el comedor eran las únicas que echaban humo a esa hora temprana.

Nemo encaminó sus pasos hacia un olmo solitario, apartado de los castaños, que desplegaba unas ramas raquíticas y desnudas. A su alrededor caía la nieve. Mientras se frotaba las manos, alzó la vista hacia el cielo y tuvo la sensación de que las nubes que lo cubrían se deshacían en grandes copos de algodón helado. El frío avivó el dolor en la herida, pero en general le sentó bien. Su mente, atontada por las horas de sueño, se despejaba. Al otro lado de la verja, la cortina de nieve se espesaba y desdibujaba la ciudad en la distancia. Daba la impresión de que la acera desaparecía tras un metro de adoquines, de que más allá no había más que un blanco telón.

Supo que debía marcharse. De inmediato. La nota amenazadora que había recibido Crispin anunciaba que algo malo iba a suceder antes del mediodía. El dinero que había encontrado en su abrigo probaba que no le habían atracado en el callejón. Las cien libras podían ser perfectamente el primer pago por el robo, y las piedras, una muestra para que supiera reconocer la Roca Púrpura. Las pisadas señalaban que su cómplice se hallaba en la mansión. Cuanto más tiempo permaneciera allí, más probabilidades tenía de meterse en un lío del que quizá no sabría salir. Sin memoria estaba indefenso ante Marie, Johan, James, Clifford, Dickson, el señor Crispin... Cualquiera de ellos podía haberlo engañado. Tenía que admitir que su plan de seguir las huellas había resultado un completo fiasco.

Experimentó un escalofrío. ¿Dónde podía ir entonces? ¿Adónde acudían las personas sin memoria? ¿A un hogar de caridad? ¿A la policía? Ignoraba si había participado en otros delitos. Su visita a una comisaría podía acabar en el calabozo. Su corazón se encogió ante la soledad que lo aguardaba en la ciudad, cuyos edificios borraba la nieve, como si quisiera dejarlo aislado en la mansión del señor Crispin.

Nemo suspiró. Un gorrión sobre el árbol estremeció todas sus plumas. Iba a dar el primer paso hacia la verja cuando una voz sonó a su espalda:

—¿Nemo?

—¿Mmhhh? —El joven se volvió y vio como Marie se aproximaba. Sus grandes botas abrían una zanja en la nieve. Al reconocerla sonrió.

—¿Ya te has levantado? ¿Cómo te encuentras hoy?

—Sigo sin recordar quién soy —contestó él con cara de circunstancias—. Al menos, la cabeza ya no me duele como si me fuera a explotar y a esparcir mis sesos sobre la alfombra.

—Por algo se empieza. ¿Te agobia no recordar?

—¿A ti no te agobiaría?

—Mucho —reconoció Marie—. Pero trataría de verlo como una liberación. No sé, quizá tu familia te sacaba de quicio, o te caían gordos tus amigos, o te atormentaba algo malo que hiciste. Ahora eres libre. Te has quedado sin raíces, pero también sin cargas.

—Mmhhh... Puede ser —dijo el joven, no muy convencido—. Pero yo prefiero saber.

—Yo también lo preferiría. Pero no tengas prisa, capitán Nemo. A lo mejor descubres que eras un ladrón de poca monta.

El joven clavó su mirada en Marie, poniéndose en guardia. No descubrió en su expresión rastro de segundas intenciones.

—O el hijo de un noble —replicó a tientas.

—O un payaso de circo.

Nemo se rio.

—Está bien. Tú ganas. No tengo prisa por averiguarlo.

—¿Te apetece desayunar? Si quieres recuperar tus recuerdos, tendrás que alimentar ese cerebro maltrecho.

Nemo titubeó. Sus ojos buscaron de nuevo la verja.

—Claro —asintió. En su fuero interno sabía que estaba a punto de cometer un error fatal. Al fin, Nemo dio la espalda a la ciudad y se dirigió de vuelta a la mansión para acompañar a Marie.

Cuando hicieron su entrada en el comedor, encontraron a los demás presos de una gran agitación. Nemo supuso que habían pasado la noche planeando la bienvenida que pensaban darle al terrible Nachtali. Sobre el mantel apenas quedaba un puñado de migas, que Johan retorcía entre los dedos, modelando inquietantes figuritas de pan. Dickson se ocupó de servir té a Marie y Nemo, y de dar instrucciones a la señorita Marsh para que trajera más tostadas, huevos, beicon y mermelada de limón. James y Clifford se hallaban enzarzados en una encendida discusión con el señor Crispin. Johan escuchaba atento cada palabra, pero, como de costumbre, se guardaba para sí lo que pensaba.

—No os puedo pedir eso... —decía en ese momento Gideon. Parecía consternado y la pelusilla blanca que asomaba bajo su birrete se estremecía con más vehemencia de la habitual—. Os agradezco de verdad que...

—No se hable más, señor Crispin —le interrumpió James, tajante—. Hemos disfrutado durante dos semanas largas de su hospitalidad. Es lo menos que podemos hacer por usted. ¿No, Clifford? ¿Johan?

—Claro.

—Sin duda, sin duda...

Sin duda Clifford y Johan no compartían en absoluto el entusiasmo de James.

—Entonces estamos de acuerdo en que la biblioteca es el lugar más protegido —prosiguió James—. Los detectives se pueden apostar en la puerta y bajo la ventana, guardando los dos accesos. Yo me ofrezco a vigilar desde el piso de arriba. Tú, Clifford, puedes acompañar a Dickson junto a la entrada. Si yo veo que alguien se acerca, quien sea, el lechero, el cartero o un niño a pedir el aguinaldo, doy la voz de alarma. Bajo la escalera corriendo, me reúno con vosotros y entre los tres le hacemos frente. Tú, Johan...

James quedó atascado, mientras trataba de encontrar un papel apropiado para el joven médium. Este aplastó nervioso un par de figuritas de pan. Clifford iba a soltar una de sus bromas, pero Johan se anticipó. En su mirada despuntó una extraña convicción que acabó por impresionar a los demás.

—Yo sé cómo detener a ese fantasma.

El señor Crispin contuvo la respiración, obviamente interesado. Clifford lo advirtió de reojo y se mordió la lengua. James le invitó a continuar.

—Cuenta, cuenta...

—Hay tres modos de detener el avance de un espíritu hostil —enumeró Johan—: con un sacrificio, levantando un escudo psíquico o pactando una defensa con otros espectros.

—¿El sacrificio es humano? —intervino Marie, untando su primera tostada.

—Desde luego.

—¿Algún voluntario? —murmuró Clifford entre dientes.

Gideon negó, con los ojos abiertos como un búho real.

—Mejor no sacrificamos a nadie, chicos. ¿Cuáles eran las otras opciones?

—Pactar la defensa con otros espíritus o levantar una barrera psíquica.

—Mejor no metamos más fantasmas en esto, no se nos vaya a ir la cosa de las manos —apuntó el señor Crispin, intranquilo—. Eso de la barrera, ¿cómo funciona?

—Se pinta en el suelo un círculo alrededor de la zona que se desea proteger, con sangre animal. A lo largo de la circunferencia se sitúan siete figuras de cera, a distancias iguales: son los centinelas de la quimera. Cada uno porta una de las siete herramientas de los oficios ancestrales: una hoz, una pala, un mazo, una sierra, una lima, un anzuelo y una tenaza. Un médium recita un sortilegio en la lengua arcana de los druidas, para insuflarles vida y mantenerlos despiertos.

Cuando terminó, Johan tuvo que hacer frente a un muro de caras de repugnancia.

—¿Has dicho sangre de un animal? —preguntó Marie, arqueando una ceja.

—Se trata de detener a un fantasma, no de impedir la entrada de un buhonero.

—Algo me dice que el buhonero ya se nos ha colado dentro de casa —bufó Clifford.

James, meditabundo, tamborileó con los dedos en el canto de la mesa.

—No creo demasiado en fantasmas, la verdad, pero mejor no dejar ningún frente al descubierto. —Buscó la aprobación del señor Crispin.

—De acuerdo. —Gideon se dirigió a Johan—. Hazlo. Hablaré con la señorita Marsh para que compren cera, consigan sangre de algún matadero y el resto de elementos que te hagan falta.

—¿Y yo qué hago? —preguntó Marie.

—Luego ayudas a la señorita Marsh a fregar la sangre —dijo Clifford.

Marie le apuntó con el cuchillo con el que untaba la mermelada.

—¿Quieres que también friegue la tuya?

—Habéis dicho que la biblioteca es el cuarto más seguro de la casa —les interrumpió Nemo—. ¿No sería mejor la sala que nos enseñó ayer, con la puerta de acero? Así tampoco perdería de vista a la Roca Púrpura. A lo mejor la amenaza fantasma no es más que una farsa, una cortina de humo para distraer la atención y robar el ídolo.

La propuesta pilló a los demás por sorpresa. El señor Crispin se detuvo a meditarlo medio segundo. La idea de aguardar a un espectro encerrado a cal y canto en aquella especie de tumba sin ventanas lo dejó sin aliento. James acudió en su ayuda.

—Yo sigo pensando que el sitio perfecto es la biblioteca. Es un espacio fácil de controlar y allí podrá instalarse con comodidad las horas que hagan falta sin sufrir un ataque de claustrofobia. Pero la sugerencia de Nemo tiene sentido. ¿Por qué no se encierra con el meteorito? Si lo guarda con usted en la biblioteca, bajo la vigilancia de dos policías, matamos dos pájaros de un tiro.

Gideon observó al joven, con los ojos más abiertos que de costumbre.

—¡Tienes razón! —luego sonrió—. Es lo que tiene rodearse de gente inteligente.

Así quedaron de acuerdo. La señorita Marsh había comenzado a recoger la mesa cuando resonó la campanilla de la entrada. Lo hizo con tanta fuerza que Gideon temió que la fueran a arrancar de cuajo. Consultó el reloj de su chaleco. Eran las diez.

—Ahí debemos tener a nuestros detectives.

Los jóvenes lo acompañaron hasta el vestíbulo. Los detectives especiales Bernhard Trent y Ruddy O'Connor, de la Policía Metropolitana de Londres, causaron una primera impresión insuperable. Hacían gala de los modales bruscos que cualquiera espera en un hombre de acción. Trent lucía unas patillas espesas como la mala hierba, que le trepaban por las mejillas y tendían un puente de pelo bajo su nariz. El gigantesco O'Connor sacaba una cabeza a Clifford. Antes de acceder a la mansión, se llevó por delante el muérdago que colgaba de la entrada. Trent y O'Connor olían a manteca, patatas cocidas y tabaco barato. Su mero aspecto, sólido como los ladrillos, bastaba para ahuyentar un ejército de fantasmas.

El señor Crispin les contó los planes que habían trazado durante el desayuno. Trent, que apenas movió un músculo al oír hablar del muro psíquico de Johan, estuvo de acuerdo en que hicieran lo que les viniera en gana, siempre y cuando no interfirieran en su trabajo. Después de examinar la distribución de la casa, hizo la misma sugerencia que Nemo: el cuarto más seguro parecía la cámara acorazada. De nuevo, James salió en socorro del señor Crispin, que allí dentro se figuraba como una momia metida antes de tiempo en su sarcófago. Los detectives acabaron cediendo. La biblioteca era una opción casi tan buena. Determinaron que Gideon se encerrara allí en cuanto dieran las once en punto. Antes registrarían a fondo la habitación, para asegurarse de que nadie se había escondido en ella. Trent se apostaría en la puerta y O'Connor haría guardia en el jardín trasero, justo debajo de la única ventana de la biblioteca. Ambos iban armados. Abrirían fuego contra quienquiera que se acercara sin una buena razón.

Cuando los relojes de la casa iniciaron su concierto sincronizado de campanillas para marcar las once, los jóvenes acompañaron en procesión al señor Crispin hasta la biblioteca. Entre ellos reinaba un espíritu festivo. Todos parecían excitados y divertidos, como si fueran a participar en un juego extravagante o a gastar una pequeña broma navideña.

Gideon seleccionó una novela de uno de los estantes: *La isla misteriosa*, de Julio Verne. Con ella en la mano, se arrellanó en los cojines de su viejo sillón de orejas. A su alrededor, Trent y O'Connor procedieron a registrar la habitación. Contagiados por su enérgico despliegue, Johan, Clifford, Marie, James y Nemo les echaron una mano. No dejaron un rincón sin inspeccionar. Ni siquiera un pigmeo contorsionista hubiera podido escapar a su escrutinio. Trent abrió la ventana, se aseguró de la solidez de los barrotes y se asomó: había una caída de diez metros en vertical hasta el jardín. Hacia arriba le cortó la vista el alero del tejado, a unos tres metros. En el vano, el muro presentaba un grosor de sesenta centímetros.

Nemo, James y Clifford no dejaban de pensar con intensidad, a la caza de algún punto débil que se les pudiera escapar.

—¿Qué le parece si corro la cortina? —le preguntó James a Trent—. Así la habitación quedará más protegida.

El detective se encogió de hombros.

—Tú córrela.

Después de media hora, Trent dio por concluida una inspección tan puntillosa que llegaba a extremos ridículos. Repasó el cuarto por última vez y asintió satisfecho.

—Perfecto. Tú —señaló a O'Connor—, baja al jardín y no pierdas de vista la ventana. Señor Crispin, le vamos a dejar entonces. No salga ni abra la puerta ni la ventana bajo ninguna circunstancia hasta que el reloj marque la una. Si necesita cualquier cosa, se acerca a la puerta y me lo dice. Yo estaré justo al otro lado, montando guardia.

—Muchas gracias, señor Trent. No se preocupe. En la vida me he sentido más seguro. Si al abrir la puerta me ven tirado en el sofá, no se alarmen. No estaré muerto, simplemente me habré quedado frito leyendo.

Todos, menos Dickson, rieron. Los jóvenes se despidieron de su anfitrión. La última impresión que se llevaron fue la del señor Crispin, que los saludaba con una de sus manos esqueléticas. Sobre el escritorio, en su peana, había apoyado la Roca Púrpura. El mayordomo tuvo la impresión de que el ídolo, de algún modo, estaba dotado de vida propia, de que poseía una cualidad maligna, capaz de abrir la grieta que aprovecharía Nachtali para entrar.

Bernhard Trent fue el último en salir. Cerró la puerta a su espalda y aguardó hasta oír como el señor Crispin giraba la llave desde el interior. No llegaron a advertir sus pasos ligeros que se alejaban hasta el escritorio. Solo les llegó el leve quejido de los muelles del sillón de orejas al ceder bajo su peso. Al oírlo, Marie experimentó una aprensión repentina, le asaltó el temor de que no volvería a verlo con vida. Con un gesto hosco, Trent los dispersó.

—Largo. Ahora no quiero ningún moscón rondando por aquí hasta la una. —Se dirigió a Dickson—. Usted permanezca atento en el vestíbulo de la entrada. Tengo entendido que sirvió en el regimiento de infantería ligera del duque de Cornwall.

—Sí, señor. Y todavía conservo mi viejo revólver Tranter.

—Perfecto. No estaría de más que lo llevara encima.

Dickson asintió:

—Bien engrasado y cargado.

Un cuarto de hora más tarde, un altercado imprevisto disparó las alarmas. Las voces de la señorita Marsh se pudieron oír hasta en el jardín, donde O'Connor bostezaba sin perder de vista la ventana. Con su instinto infalible, Dickson localizó de inmediato de qué punto de la casa procedía el alboroto y acudió presto al rescate. En un corredor del segundo piso, justo sobre el pasillo que daba al vestíbulo, descubrió a un lívido Johan, que estaba recibiendo una colosal reprimenda por parte de la criada.

—¿Qué pasa, señorita Marsh? —intervino Dickson.

—Este jovencito. Pretendía manchar las alfombras de Marrakech con esa porquería... —La criada señaló con una mezcla de incredulidad e indignación el cubo con sangre de cerdo que Johan, muy digno, sostenía en su mano temblorosa.

El joven mantenía los labios tan apretados que apenas dejaron escapar un susurro indignado:

—Estoy cumpliendo con las instrucciones del señor Crispin.

Dickson suspiró. Su corazón estaba con la señorita Marsh, pero Johan tenía razón.

—Retiraremos las alfombras para que el joven pueda seguir con su... trabajo.

Dickson observó con particular disgusto uno de los centinelas de cera que había completado Johan. Consistía en una figurita de treinta centímetros, que representaba una cabeza calva, aceptablemente horripilante. En un hoyo del cráneo encajaba una vela y de la boca sobresalía una hoz.

Nemo y James, que también habían acudido alarmados por el escándalo, ayudaron a Dickson a recoger y hacer a un lado las pesadas alfombras. Clifford fue el último en presentarse. Se limitó a contemplar con una sonrisa cómo sudaban, trajinando de un extremo a otro del pasillo con los fardos enrollados. Señaló con malicia a Nemo y a Johan cuando se cruzó con la señorita Marsh:

—Estos dos siguen empeñados en ponerte la casa perdida de sangre, ¿eh?

Johan pudo completar su barrera psíquica sin nuevos sobresaltos. A las doce menos diez un reguero de sangre seca rodeaba la biblioteca. La defensa se interrumpía al tocar los muros, pero el círculo continuaba en el exterior, sobre la nieve, en un arco amplio que también protegía al gigantesco O'Connor. El veterano detective asistió sin descomponer el gesto a las maniobras del joven médium. Ni siquiera se alteró cuando Johan se aclaró la garganta para entonar el sortilegio que despertaría a los centinelas y los mantendría en guardia contra Nachtali. Fue vociferando palabras sin sentido mientras recorría una y otra vez el circuito de las figuras, saliendo y entrando de la casa, en un tono amedrentador e hipnótico.

—Buen trabajo —le felicitó Clifford, cuando lo vio aparecer con un libro abierto en la mano, aullando en trance—. Yo, si fuera Nachtali, preferiría quedarme sin corazón que soportar tus berridos.

Johan lo ignoró. James repasó los preparativos.

—Hemos comprobado que la biblioteca estaba vacía. ¡Hasta hemos mirado dentro de los jarrones! La ventana ha quedado bien asegurada, tiene barrotes y además hemos corrido la cortina. El señor Trent guarda la puerta, y O'Connor, el jardín. El cuarto resulta inaccesible, como no sea atravesando el techo o el suelo. Yo vigilaré la explanada frente a la casa desde el segundo piso. Johan ha levantado un escudo... parapsíquico con siete muñecos de cera horripilantes. Dickson y Clifford protegen la entrada. ¡Es perfecto! —exclamó satisfecho—. Es absoluta-

mente imposible que nadie entre y pueda hacer daño al
señor Crispin.

Clifford, Nemo y Marie tuvieron que darle la razón.
Cuando la cantinela de Johan, que los perseguía como una
tormenta de fondo, se interrumpió, casi se sobresaltaron.
Un golpe de aire debía de haber apagado la vela con la que
alumbraba su libro. James se llevó las manos a los bolsillos,
muy nervioso, como si temiera que el escudo fuera a venir-
se abajo con la pausa:

—Rápido. ¿Alguien tiene fuego?

Nemo no llevaba encima ningún fósforo, pero, a
cambio, encontró en su chaqueta un pedazo de papel. Miró
con suspicacia a los demás. ¿Cuándo había comprobado el
contenido de sus bolsillos por última vez? No logró recordarlo. Cualquiera le podía haber deslizado aquella nota en
un descuido. Se apartó un poco para leerla con discreción.
Contenía un mensaje muy breve: «Sé quién eres. Si quieres
conocer todas las respuestas, espérame en el invernadero
dentro de cinco minutos».

Antes de terminar de leer, el corazón le había dado un
vuelco.

—¿Tú qué haces? —le preguntaba James a Marie.

—Mientras os divertís con vuestras cosas de hom-
brecitos, yo me marcho al laboratorio del señor Crispin.
No creo que el espíritu de Nachtali se presente, la verdad. Y yo tengo un experimento muy importante que
terminar.

—¿Y tú, Nemo? ¿No quieres acompañarme mientras
vigilo?

—Me duele un montón la cabeza —se disculpó el joven—. Creo que me echaré un rato. Si aparece Nachtali no
os molestéis en avisarme. No me apetece nada conocerlo.

Hizo como que se dirigía a su habitación, pero en cuanto perdió de vista a los otros, modificó el rumbo de sus pasos. Después del ajetreo de los preparativos, la quietud absoluta que imperaba en la parte trasera de la casa lo sumergió en una atmósfera de irrealidad. Un patio cubierto de nieve separaba el edificio principal del invernadero. Una vez dentro, el joven se sintió como un investigador en una remota estación polar, llevando a cabo un experimento botánico. Las gotitas de condensación que adornaban las paredes de cristal difuminaban la vista del exterior. Grandes palmeras se encorvaban antes de rozar el techo del invernadero. Las plantas se repartían en filas ordenadas, pero la exuberancia de las cícadas y los helechos desbordaba las macetas. Una profusión de hojas y tallos estorbaba la visión, pero Nemo recibió la impresión de que nadie lo aguardaba allí. Todavía. Un leve crujido lo puso en guardia. Procedía de algún punto impreciso, frente a él. ¿Alguien se había emboscado detrás de las plantas tropicales? Esgrimió una pala a modo de sable y avanzó un paso, dos... Dobló otro pasillo y giró a derecha e izquierda, con rapidez. No había nadie. Un temblor en el aire le hizo darse la vuelta de improviso. Demasiado tarde. Un cuerpo se le venía encima. En un gesto instintivo soltó la pala y se protegió con las manos. Algo le golpeó los brazos... sin demasiada fuerza.

Con el corazón en la boca, latiéndole a un ritmo frenético, sonrió:

—Poe.

En efecto, un precioso cuervo, negrísimo y malhumorado, aleteaba frente a él. El pájaro cruzó el invernadero como una flecha y desapareció en el jardín con un graznido de protesta.

Nemo se dejó caer sobre un saco de tierra. «Qué susto más tonto», pensó, mientras poco a poco recuperaba la calma. Consultó su reloj de ferroviario. Faltaba un minuto para las doce. El deseo de conocer su identidad lo había cegado. Ahora estaba convencido de que nadie acudiría a la cita. Había sido víctima de una maniobra para sacarlo de la casa. En el silencio perfecto que reinaba en el invernadero le llegó, desde el otro extremo del edificio, el tintineo de la campanilla de la entrada. Repiqueteó una segunda vez. Después de todo, alguien se había presentado. Durante unos segundos dudó si seguir esperando o regresar. Entonces oyó con claridad el sonido de un disparo. Nemo se levantó de un salto y salió corriendo hacia la biblioteca. En su precipitación se llevó por delante varias macetas con orquídeas y arrancó una enredadera del techo. Mientras dejaba atrás puertas, pasillos y tramos de escaleras, fue calando en él la convicción de que daba igual la prisa que se diera: de todos modos iba a llegar demasiado tarde.

CAPÍTULO QUINTO

En trance

Durante el asedio de Krishnapur, Dickson había tenido ocasión de templar unos nervios de acero. Aceptó la compañía de Clifford, que por una vez parecía dispuesto a hacer algo que no fuera el tonto. El joven se había quedado a su espalda, a una distancia prudencial, junto al gran árbol de Navidad. Cuando Dickson escuchó la campanilla, estaba de pie frente a la entrada. Se sobresaltó un poco, porque no había advertido el chirrido de la verja, ni pisadas en el camino de grava. Era como si un fantasma se hubiera materializado bajo la rama de muérdago, al otro lado de la puerta. Apretó las mandíbulas y se peinó las cejas. La campanilla se agitó de nuevo, con un repiqueteo impertinente. Dickson dio un par de pasos decididos. En el bolsillo derecho de la librea guardaba su viejo Tranter. Su mano izquierda enguantada agarró el pomo, mientras la derecha aferraba la culata y deslizaba un dedo en el gatillo. Giró el pomo, tomó aire, afiló la mirada y abrió con un rápido movimiento. Estaba preparado para hacer frente a cualquier cosa... Cualquier cosa, excepto lo que se encontró. Que fue... absolutamente nada.

Ante sus ojos, la explanada desierta descendía en una pendiente suave hasta la verja. En la nieve apelmazada, que se venía acumulando desde las primeras horas del día, no se adivinaba la marca de una sola pisada. Perplejo, sin abandonar la cautela, el mayordomo asomó la cabeza y centró su atención en la campanilla. La habían zarandeado con fuerza, de eso estaba seguro.

Después, sus ojos barrieron todo el campo visual, a derecha e izquierda. No se distinguía un alma. La fachada principal se extendía una treintena de metros en ambas direcciones. Había recorrido esa distancia cientos, miles de veces. Desde que sonó la campanilla hasta que abrió la puerta habían transcurrido apenas diez segundos. En ese intervalo mínimo nadie habría tenido tiempo de salir corriendo y doblar una esquina, o de esconderse entre los castaños. ¡Y menos sin dejar unas huellas profundas en la nieve!

La voz de Clifford, a su espalda, lo sobresaltó. Sus palabras incoherentes transmitían un miedo profundo y primitivo:

—¡Pasos! ¡*El espíritu!*

Dickson parpadeó sin comprender, unos segundos. Y entonces, en efecto, escuchó unos pasos que resonaban en el pasillo, *pero en el pasillo no había nadie*. Se encontró con la mirada espantada de Clifford, que parecía a punto de desmayarse.

—¡Sigámoslos! ¡Se dirigen a la biblioteca! —exclamó el mayordomo con determinación.

Clifford y Dickson emprendieron entonces una carrera demencial, tratando de perseguir a una criatura invisible que cruzaba como una exhalación el pasillo. La única prueba de su presencia estaba en los pasos que retumbaban frente a ellos, golpeando el suelo con unos pies incorpóreos. Dickson no apartaba la vista de la alfombra, tratando de distinguir en el tejido la huella de las pisadas. Y lo cierto es que creyó verlas. Al pie de la gran escalera arrollaron a Johan. Con el golpe, su libro de sortilegios salió disparado y acabó en una pecera.

—La barrera, la barrera aguantará —alcanzó a decir, antes de levantarse y trepar tras ellos escaleras arriba. En el rellano del segundo piso estuvieron a punto de chocar contra Marie y James, que también corrían hacia la biblioteca.

—¿Qué pasa? —les apremió Dickson.

—No sé —contestó Marie, señalando a James—. Se ha puesto como loco a aporrear la puerta del laboratorio y...

—Vi a un viejo... un esquimal... en la explanada —explicó James jadeando—. Llamó a la puerta. ¿Le abristeis?

—¿Un esquimal? —Dickson apretó tanto las mandíbulas que temió que los dientes le fueran a salir disparados—. ¡Cuando abrí no había nadie!

—¡Entonces ha entrado! —exclamó Johan, sin aliento.

—¿Oís los pasos?

—¡Yo no oigo nada!

—A estas alturas ya debe estar en la biblioteca.

Al verlos doblar la esquina del pasillo, en tromba, un atónito Bernhard Trent, que hacía guardia en la misma posición en la que lo habían dejado, los detuvo con un ademán imperativo.

—No deis un paso más —les advirtió, apuntándoles con su revólver—. ¿Qué pasa? ¿A qué viene todo este follón?

Iban a iniciar una serie de atropelladas explicaciones cuando los interrumpió un revuelo en el interior de la biblioteca. El estruendo del sillón de orejas al estrellarse contra el piso de madera los sacudió como si hubieran recibido una descarga eléctrica.

—¡Ya está dentro!

A Johan los dientes le castañeteaban y la voz le salió entrecortada:

—*Ha roto la barrera...*

A través de la puerta, les llegaron los gritos ahogados del señor Crispin:

—¡Socorro! ¡El espíritu! ¡Detenedlo!

Oyeron un forcejeo, el estrépito de varios objetos que se rompían. Un alarido.

—¡Abrid! ¡Abridme la puerta! Por todos los...

Resonó un disparo que les heló la sangre. En honor a la verdad, Trent fue el único que supo mantener la calma. Forzó el pomo dorado de la puerta, pero estaba cerrada con llave.

—¡Gideon! ¿Puede oírme? Soy Bernhard Trent. ¡Abra la puerta!

La única respuesta que obtuvo fue un silencio terrible. Trent no aguardó más de tres segundos. Hizo a un lado a los demás, retrocedió varios pasos para ganar impulso y se arrojó contra la puerta. La pesada hoja de nogal resistió sus embates una y otra vez. En ese momento apareció Nemo, congestionado por la carrera desde el invernadero. De inmediato se hizo cargo de la situación y señaló un mueble del pasillo:

—El banco.

Entre Trent, Dickson y Nemo levantaron el pesado banco de madera y lo utilizaron como ariete. A la tercera embestida la puerta saltó fuera del marco.

Tuvieron la impresión de que penetraban en la cámara funeraria de Tutankamón. En el forcejeo que había tenido lugar en el interior, la lámpara del escritorio había caído al suelo, apagándose. La habitación había quedado a oscuras, salvo por la lanza luminosa que atravesaba el agujero de la cortina. Esta vez no se descomponía en ningún arcoíris y dibujaba un círculo brillante en la pared, entre dos estanterías. La claridad del pasillo se derramaba sobre la entrada del cuarto, para iluminar la esquina de una alfombra y un zapato. Trent se precipitó sobre él, mientras James se apresuraba a descorrer la cortina.

Apenas habían permanecido unos segundos en penumbra, pero cuando la luz del día irrumpió en la biblioteca parpadearon confundidos, como si acabaran de arrancarlos de un sueño profundo.

Ante sus ojos se reveló un terrible espectáculo. El cuerpo de Gideon yacía inmóvil, tirado sobre la alfombra. A su alrededor, había desparramados media decena de objetos: el ejemplar de *La isla misteriosa*, un cenicero de porcelana roto, la peana de la Roca Púrpura, un pisapapeles de cristal, el sillón volcado, una pinza de la ropa... Todos sintieron en su ánimo una tensión sobrenatural. Una presencia diabólica envenenaba la atmósfera familiar de la biblioteca.

Desde el jardín les llegó el vozarrón de O'Connor preguntando qué había ocurrido. Trent, Nemo y Dickson habían sido los primeros en entrar. James, Clifford y Marie los habían seguido. Johan no se había atrevido a traspasar el umbral y permanecía agarrado al marco de la puerta.

Trent le aflojó a Crispin el lazo de la corbata para ayudarle a respirar. Sobre su chaleco color mostaza advirtieron, con espanto, una mancha de sangre. Entonces cayeron en la cuenta de que un fuerte olor a pólvora impregnaba el cuarto. En el aire quieto, cerca de la mesa de ajedrez con el prisma, alcanzaron a distinguir las últimas volutas de humo azul que serpenteaban en el aire, antes de desvanecerse.

Todas las miradas recayeron en el señor Crispin.

—¿Está...? —preguntó Marie.

Trent buscó con el dedo índice la yugular del anciano.

—Está vivo.

Seis suspiros de alivio resonaron en la biblioteca. Las arterias del señor Crispin apenas recibían sangre para dar color a su rostro lívido. Ahora ya no parecía un chimpancé, sino una simple calavera. Una calavera que todavía conservaba dos ojos enormes, abiertos de par en par, paralizados por alguna visión aterradora. Sus pupilas se habían dilatado al máximo para contemplar a un fantasma o quizá a la misma muerte.

Observaban al viejo millonario con tanta atención que acabaron por detectar una respiración débil, que hacía subir y bajar levemente su pecho. Tras asegurarse de que estaba vivo, Trent echó mano de su revólver y lanzó una mirada de lobo a su alrededor. Johan seguía agarrado al marco de la puerta, de modo que nadie había podido salir del cuarto sin que él se diera cuenta.

—Está aquí dentro todavía —masculló Trent.

Un escalofrío recorrió la espalda de los cinco jóvenes. De manera automática, sus ojos saltaron de Gideon a un recorrido ansioso y exhaustivo de la biblioteca.

Trent, Dickson y Nemo buscaron detrás de las estanterías y debajo de cada mesita y cada butaca. Al fin, desorientados, comenzaron a inspeccionar rincones donde resultaba absurdo que ninguna persona, por pequeña que fuese, hubiera podido esconderse: la caja del reloj de péndulo, las vitrinas con los libros... ¡hasta en los cajones del escritorio! Cuando Trent habló de nuevo, era la viva imagen del desconcierto.

—No hay nadie —se vio obligado a reconocer.

La sensación sobrenatural alcanzó su clímax. Las miradas iban y volvían obsesivamente de la puerta a la ventana. ¡Habían tenido que echar la puerta abajo! Nadie había podido escapar por la entrada. La ventana, tras la cortina, estaba herméticamente cerrada y exhibía sus barrotes intactos al otro lado.

En ese momento un jadeante O'Connor se abrió paso junto a Johan y los sacó de su estupor.

—¿Qué ha...?

Trent no tenía ninguna explicación que ofrecerle, así que lo interrumpió con un expeditivo:

—¡Llama a un médico!

O'Connor desapareció con la misma celeridad que había llegado. Con un fuerte tirón, Trent abrió el chaleco y la camisa de Gideon, para descubrirle el pecho. A pesar de la sangre, no encontró rastro de ninguna herida. A continuación trató de hacer hablar al anciano, que parecía sumido en un estado de *shock*. Lo único que pudo arrancarle fue una retahíla de balbuceos incomprensibles:

—Oscuro... oscuro... El hombre hueco... Vino volando... El corazón... ¡Mi corazón!

Trent, que permanecía de rodillas junto a Gideon, vigilaba por el rabillo del ojo el movimiento de los demás.

—No toquéis nada —les advirtió—. No quiero que nadie salga de esta habitación. ¿Me habéis oído bien? ¡Nadie! Y tú, entra.

Se refería a Johan, que obedeció alarmado.

—Ha desaparecido el ídolo —les informó Nemo, que observaba la peana tirada en el suelo.

—¡Se ha cumplido la amenaza! —musitó aterrado Johan—. La criatura ha recuperado su corazón.

En ese momento regresó O'Connor.

—El doctor Thorndyke está en camino. También he mandado un recado a la Central.

Trent le puso rápidamente al día.

—Se ha producido un robo. Que no salga ninguno de los mocosos.

La primera reacción de Marie, James, Nemo, Johan y Clifford fue de indignación, pero no dijeron una palabra. Dadas las circunstancias resultaba natural que las sospechas recayeran en ellos. Trent y O'Connor registraron al señor Crispin metódicamente, y con toda la delicadeza de la que fueron capaces, para asegurarse de que el millonario no se había guardado el meteorito en un bolsillo del pantalón o de la chaqueta.

—Nada —resopló O'Connor.

—Voy a sacarlo y a tumbarlo en una cama —le avisó Trent.

Gideon pesaba poco más que un almohadón de plumas y el detective cargó con él en brazos sin esfuerzo. La única reacción del anciano fue despegar los labios para emitir un quejido:

—El hombre... el hombre delgado... ¡El hombre hueco!

—Le iría bien una copa de brandy —sugirió James—. Para reanimarlo.

Trent asintió. Johan, que estaba junto al mueble-bar, cogió una botella de brandy y se la alcanzó al detective, que ya estaba en la puerta.

—Tú quédate aquí haciendo guardia —ordenó Trent a O'Connor—. Asegúrate de que nada ni nadie sale de la habitación. Lo mismo me da que sea un ratón o una bacteria.

Marie, Johan, Clifford, James, Nemo y Dickson permanecieron en la biblioteca, custodiados por el gigantesco irlandés. Cada uno, a su manera, se sentía noqueado.

Dickson, capaz de plantar cara a los cañones de los cipayos sin pestañear, había quedado petrificado, como si Nachtali siguiera en el cuarto y vigilara cada uno de sus actos.

Johan parecía dominado por el mismo temor. Repasaba en su cabeza mil sortilegios para espantar espectros y los murmuraba obsesivamente.

O'Connor luchaba con escaso éxito contra una modorra irresistible.

Marie, James y Clifford trataban de sobreponerse a una especie de cortocircuito mental. Su mente científica hacía frente a lo inexplicable. Un fantasma había llamado a la puerta de la mansión, se había escurrido entre Dickson y Clifford, había corrido delante de ellos, se había desvanecido, había atravesado las paredes de la biblioteca, había disparado contra el señor Crispin, había recuperado la Roca Púrpura y se había desvanecido con ella, sin que Trent ni O'Connor vieran nada.

—El escudo no funcionó —se lamentó Johan. Jugaba muy nervioso con los botones de su chaqueta. Uno de ellos terminó saltando y rodó por la alfombra. Johan lo observó despavorido.

Clifford, de muy mal humor, lo atravesó con la mirada:

—¿Te sorprende? ¡Tus penosas fantochadas no hubieran detenido ni a un niño de tres años!

—No tan penosas —le corrigió James, recogiendo el botón y entregándoselo a Johan—. Aquí ha sucedido algo...

No supo cómo completar la frase.

—¿Sobrenatural? —le ayudó Marie, con incredulidad.

James se encogió de hombros.

—¡Venga ya! —protestó Clifford—. Te has apretado demasiado el nudo de la corbata, presumido, y no te llega la sangre a la cabeza. Os recuerdo que estamos aquí por un concurso que premia nuestro espíritu científico. Solo por permitirte esos pensamientos deberían descalificarte.

—Relájate, Clifford —gruñó Marie—. Y deja de una vez de pensar en el premio. ¡El señor Crispin va camino del hospital!

James repuso:

—Hasta hace quince minutos no podría estar más de acuerdo contigo, Clifford. Pero tengo ojos. Yo vi a ese anciano en la nieve. Lo vi...

—No había nadie —murmuró Dickson, saliendo apenas de su trance.

James lo ignoró:

—El señor Crispin estaba a salvo y con la Roca Púrpura, custodiado por dos agentes de policía en un cuarto cerrado a cal y canto. Trent y O'Connor lo habían registrado antes palmo a palmo y hemos tenido que echar la puerta abajo para entrar. Y sin embargo, mira. —Johan seguía el movimiento de sus labios como hipnotizado—. Oímos como el señor Crispin pedía auxilio, escuchamos el forcejeo y el disparo. ¡Y aquí no hay nadie! Solo había una nube de pólvora. ¡Nada más! ¡Ni siquiera veo una pistola!

El único que no parecía bajo el influjo de los fantasmas era Nemo, que repasaba con interés los volúmenes de un estante. Marie siguió su mirada y en los lomos de cuero rosa reconoció una colección francesa de novelas de amor.

—¿Echas de menos un poco de romance? —le preguntó, con tono de reproche. La actitud tranquila de Nemo le resultaba totalmente fuera de lugar en un momento en el que Gideon podía estar debatiéndose entre la vida y la muerte.

—En principio el tema no me seduce mucho. No, estoy observando la bala.

Todos los rostros, menos el de O'Connor (en un tris de dormirse), se volvieron hacia Nemo. En efecto, en la estantería que examinaba el joven del turbante, una bala había perforado el cristal de la vitrina y se había incrustado en un grueso volumen titulado *El juego de la margarita*.

—¡Pero no lo entiendo! —se desesperó James—. ¿Dónde está la pistola?

Nemo se giró, como siguiendo con la imaginación la trayectoria virtual de la bala. Por el camino sus ojos se cruzaron con los de Marie. La mente de Nemo se había recuperado por completo de la contusión y funcionaba a toda máquina. Ni siquiera sintió una sombra del dolor que desde hacía un día se había instalado en su nuca.

Registró cada detalle de la habitación como si fuera una cámara fotográfica. Aprovechando que O'Connor se había quedado traspuesto, apoyado en el quicio de la puerta, estudió el mecanismo de todos los relojes. Dickson, Clifford, James, Marie y Johan se miraron unos a otros, recordando la advertencia de Trent de que no tocaran nada.

Al final, Nemo se acuclilló junto a los elementos que el señor Crispin había arrojado al suelo en su forcejeo con el fantasma: *La isla misteriosa*, la lámpara, el sillón de orejas, la pinza de la ropa, la peana, una pluma estilográfica, un cenicero de porcelana roto y ennegrecido... Fue a buscar la lupa, pero no la encontró sobre el escritorio. Estaba en un estante, detrás de James. Tuvo que apartarlo un poco para cogerla.

—Perdona.

Estaba inspeccionando las manchas del cenicero, cuando un extraño hizo su aparición en el umbral de la biblioteca. Al sentir sus pasos, O'Connor se había espabilado y se había hecho a un lado para dejarlo pasar, con un gesto brusco, pero respetuoso.

—Vaya lío —resopló el desconocido.

—Señor inspector... —dijo O'Connor al tiempo que se cuadraba.

El recién llegado aceptó el saludo sin detenerse, con un golpe de tos.

—O'Connor...

El inspector Appleby mostraba un aire delicado y distraído, pero nada escapaba a sus ojos entrecerrados y era capaz de tumbar a un peso medio de un solo gancho de izquierda. Lo primero que llamó su atención al entrar fue el precioso alfiler de corbata que lucía James. Tomó nota mental: «Mañana mismo tengo que comprarme uno igual. Combina de maravilla con mi chaleco color melocotón». Luego pasó revista a Marie, Clifford, Johan y Nemo.

—Niños —rezongó.

A Dickson se lo tomó más en serio y le dedicó una leve inclinación de cabeza.

Soy Cyril Appleby, inspector de Scotland Yard —anunció—. Soy un representante de la ley y el orden, y eso, exactamente, vengo a hacer aquí: a imponer orden y a cumplir la ley. Han ingresado al señor Crispin en el hospital de Charing Cross. Está fuera de peligro. Es todo lo que voy a contaros. A partir de ahora todas las preguntas las haré yo. El señor Crispin sufre un delirio alucinatorio y de su boca no salen más que historias de fantasmas y esquimales. Esa, por ahora, no será mi hipótesis de trabajo. Aquí, oficialmente, lo que ha habido ha sido un intento de asesinato y un robo.

Appleby se detuvo, maravillado ante lo bien que sonaba su voz de barítono. «Qué bien hago mi trabajo, caramba», pensó. Se sacudió una imaginaria mota de polvo del pantalón antes de continuar:

—Os diré lo que vamos a hacer. Este caballero tan simpático es el sargento Carrados.

Señaló a un policía de uniforme que en ese instante entraba por la puerta. Más que simpático, el sargento parecía hosco y desagradable.

—Procederá a registraros a fondo. Si lleváis encima caspa de pulga, la encontrará. Según vaya terminando con vosotros pasad al salón, donde O'Connor os hará compañía. No os mováis de allí a menos que se declare un terremoto, un meteorito choque contra la mansión o que yo os lo indique. ¿Entendido? Luego os iré llamando de uno en uno para interrogaros. Cuando acabe, a eso de las seis, espero haber aclarado todo este engorroso asunto. Tengo teatro a las siete.

—¿Y qué es lo que va a ver? —preguntó un desafiante Clifford.

—*Las chinelas del jorobado.*

—Tengo entendido que es una obra pésima —comentó James.

Appleby ni se inmutó:

—Mejor, espero estar profundamente dormido antes del entreacto. —Miró a Carrados—. En marcha.

El sargento Carrados llamó su atención con un carraspeo y señaló con la cabeza a Marie.

—Empieza con los demás. Haré llamar a la señora Orcy para que se ocupe ella.

CAPÍTULO SEXTO

En peligro

Los acontecimientos se desarrollaron tal y como les había anunciado el inspector Appleby. El sargento Carrados los cacheó sin contemplaciones. Si hubieran escondido el ídolo en la boca, en un zapato o en otros lugares más recónditos, lo hubiera encontrado. Cada elemento que sacaba a la luz, fuera un pañuelo usado, un penique o un grano de arena, lo iba depositando en una caja de cartón, que llevaba escrito en la tapa el nombre de su propietario. Cuando completaba el registro precintaba la caja y pasaban al salón. La última en llegar fue Marie. Allí aguardaron a que Appleby los mandase llamar.

A medida que el inspector recababa información, su rostro confiado se iba ensombreciendo. Después de nueve interrogatorios había llenado su libreta de datos incoherentes. Con los brazos cruzados observó perplejo la bala incrustada en *El juego de la margarita*. Luego sus ojos repasaron los objetos esparcidos por el suelo, la puerta arrancada del marco, la ventana herméticamente cerrada... El señor Crispin era amigo íntimo del superintendente Teal, así que aquel caso era para Appleby lo que se suele decir una patata caliente. Sus superiores querían resultados inmediatos. Si la Roca Púrpura no aparecía en el plazo de unas horas, nadie iba a quedar contento con la historia de un dios vengador que había venido de Laponia a recuperar su corazón.

Mientras el inspector repasaba sus notas, dos de sus mejores agentes ponían patas arriba la biblioteca, buscando el ídolo. Levantaron y apartaron las alfombras. Desmontaron cada uno de los muebles, vaciaron los floreros, sacaron todos los libros y desplazaron las librerías. No hubo una esquina que escapara a su escrutinio. Midieron la habitación al milímetro y contrastaron sus dimensiones con las del resto de la casa, para descartar la existencia de una cámara secreta o de algún espacio oculto tras las paredes. Subidos a una escalera examinaron los globos de las lámparas. Con un mazo golpearon cada centímetro del suelo, las paredes y el techo para comprobar que presentaban la misma solidez. El cuarto tampoco tenía chimenea, se caldeaba con el tiro que subía desde la cocina. Examinaron cada tabla del suelo y se aseguraron de que ninguna escondía un hueco donde guardar el ídolo. Al final, se sacudieron las manos manchadas de mugre y polvo, y se encogieron de hombros: allí no había nada.

Appleby suspiró y asintió con resignación. Confiaba en Trent y en el registro que hubiera practicado a Crispin antes de sacarlo de la biblioteca.

O'Connor daba fe de que ningún esquimal decrépito había asomado por el jardín.

Por último, Carrados había examinado a los mocosos con su celo habitual. Appleby dudaba menos todavía

de la declaración de Trent. Estaba convencido de que a las once de aquella mañana, antes de cerrar la puerta y despedirse del señor Crispin, la Roca Púrpura descansaba en su peana sobre el escritorio. De su pecho escapó un segundo suspiro, más profundo que el anterior. Había que reconocerlo, aquello no tenía ni pies ni cabeza. ¿Cómo explicar el ser invisible que habían perseguido Clifford y Dickson? ¿Y cómo había accedido nadie a aquel cuarto bajo la estricta vigilancia de sus hombres? Por un instante contempló la posibilidad de que, en efecto, Nachtali hubiera cumplido su venganza; de que hubiera atravesado los muros de una habitación herméticamente cerrada para disparar sobre Crispin; de que a continuación, se hubiera desmaterializado. Depositaba su única esperanza de salir del embrollo en aquel joven enigmático: Nemo.

Appleby había desconfiado siempre de la gente que presumía de mala memoria en los interrogatorios. Lo de la amnesia había sido demasiado. No se había creído una sola palabra de su historia. Era el único sin una buena razón para estar en la mansión del señor Crispin. El instinto y la experiencia del inspector lo señalaban como culpable y Appleby muy rara vez se equivocaba. Dejó su libreta a un lado y ordenó que registrasen la habitación de Nemo a fondo.

* * *

Los interrogatorios se prolongaron hasta la tarde. La señora Sayers recibió permiso para preparar unos bocadillos y comieron todos juntos, sin ningún apetito, en el salón. El espacio en torno a la gran chimenea se había transformado en una sala de espera improvisada. Entraban y salían, escoltados por Trent o Carrados, camino de la biblioteca, donde los aguardaba Appleby, sentado en el canto del escritorio, con su libreta abierta. Cuando la cerraba, desfilaban de vuelta al salón.

Los nervios estaban a flor de piel. La señorita Marsh se retorcía las manos y se las secaba una y otra vez en el delantal, conteniendo a duras penas unas antológicas ganas de llorar. Dickson alimentaba el fuego, con el mismo rictus que si aguardara el veredicto de un consejo de guerra. La cara de los cinco jóvenes era otro poema. Cada uno rumiaba lo sucedido a su manera, pero compartían la misma mezcla de desconcierto y ansiedad. Con el paso de las horas también comenzó a pesarles el hastío.

—¿Es que esta gente no descansa? —se quejó al fin Clifford. Llevaban un rato largo escuchando golpes y martillazos que procedían de la biblioteca.

—Quieren recuperar el ídolo —le contestó Nemo—. Las primeras horas son decisivas para evitar que vuele el objeto robado.

—¿Y tú qué sabes? —le espetó Clifford—. ¿O es que has participado en muchos robos?

Nemo desvió la mirada, confundido. Lo sabía, pero no sabía cómo ni por qué lo sabía. De todos modos, Clifford tenía razón. ¿Y si lo sabía porque había cometido otros robos? Todavía peor: ¿y si había colaborado en este y no lo recordaba? Nemo midió con sus pasos el espacio entre las vitrinas. El interrogatorio con Appleby había ido mal. Era obvio que lo consideraba el principal sospechoso. Tarde o temprano registrarían su habitación. ¿Encontrarían el dinero y las piedras dentro de la urna? Si lo hacían, su situación iba a pintar muy negra. Se tenía que haber deshecho de ellas. ¿Cómo había podido ser tan descuidado? ¡Debía haberse marchado de allí por la mañana, cuando aún estaba a tiempo!

Escuchó el tictac del reloj sobre la repisa de la chimenea. En cualquier momento podía presentarse Appleby pidiéndole explicaciones. Contempló a los demás. Alguien en aquella habitación sabía quién era él. Alguien que había robado delante de sus narices el meteorito. Y como no espabilara pronto, iba a pagar el pato por él. Su mente en blanco lo dejaba a merced de todos. No solo del ladrón. También de la policía y de la justicia.

Si Appleby no lograba resolver el misterio, le cargaría a él con el muerto. Nadie aceptaría un caso sin resolver con unos fantasmas que dejaban en ridículo a Scotland Yard. Las piedras y el dinero bastarían para condenar a Nemo. Un sudor frío empapó su espalda ante la perspectiva de la cárcel. ¿Quién acudiría en su defensa? No podía recurrir a su familia, ni pedir ayuda a sus amigos... ¡No sabía quiénes eran ni dónde vivían! Estaba solo. Apretó los dientes. Su única salida era averiguar qué había pasado y desenmascarar al culpable antes de que lo acusaran a él. Tenía que pensar. Advirtió con pánico que una tormenta se cernía sobre su mente. El dolor de la herida le latía en la nuca, bajo los vendajes. Había comenzado como un rumor sordo, pero ahora crecía en oleadas, extendiéndose al resto de la cabeza, estorbando cada uno de sus pensamientos. Por mucho que le costara, tenía que concentrarse. Su futuro estaba en juego.

Se volvió hacia Clifford.

—¿Qué era todo ese jaleo que se armó en la entrada antes de que coincidiéramos en la puerta de la biblioteca? El señor Appleby me preguntó si había visto algo, pero yo estaba en el invernadero. Solo escuché el tintineo de la campanilla y poco después, el disparo.

Clifford parecía poco dispuesto a darle explicaciones a nadie que no fuera inspector de policía.

—Venga, Clifford, no te hagas el misterioso —le apremió Marie, que se aburría como una ostra.

Clifford contestó a regañadientes:

—Sonó la campanilla de la entrada. Dickson fue a abrir, pero cuando lo hizo... no había nadie en el jardín.

—¿Cómo que nadie? —saltó James—. ¡Yo vi a un esquimal desde la ventana del piso de arriba!

—Nadie como que nadie —zanjó Clifford, molesto—. Dickson se asomó y desde el felpudo de la entrada hasta más allá de la verja, a cien metros, no se distinguía un alma. La explanada de nieve que rodea la casa estaba intacta. No había ni una sola pisada. Si un petirrojo se hubiera posado allí, hubiera dejado sus huellas y las habríamos visto. ¡Si no te apetece creerme, pregúntale a Dickson!

El mayordomo atizaba el fuego de la chimenea. Permanecía absorto, hundido bajo el peso de una profunda conmoción, pero al fin asintió muy despacio.

—No había nadie.

—Pudo ser una de tus aves amaestradas —propuso Marie, pensando en voz alta.

Clifford dio un respingo.

—¿Qué quieres decir? —le preguntó con suspicacia.

—¿Eh? Solo apunto una posibilidad. ¿Quién podría hacer sonar la campanilla de la entrada sin dejar huellas? Alguien que no pisara el suelo... Un pájaro. Pudo zarandearla con el pico.

—Eso es una estupidez —ladró Clifford, con el rostro congestionado—. Poe está en una jaula, en mi cuarto, y no le he enseñado a tocar ninguna campana.

—Bueno, bueno, tranquilo. No digo que le ordenases hacerlo. Nadie te está acusando.

—¡Pues lo parece!

—Y después del timbre, ¿qué pasó? —insistió Nemo.

Clifford intentó calmarse. Se dio cuenta de que su actitud comenzaba a despertar las sospechas de los demás. Antes de reanudar su relato, volvió a desviar la mirada al suelo:

—Sentimos pasos en el pasillo —dijo sin mucho entusiasmo.

—¿Cómo que «sentisteis»?

—¡Lo que te acabo de decir! Sentimos que alguien corría en el pasillo. Pero no podíamos verlo. Solo oíamos sus pasos. Y los seguimos. Resonaban justo delante de nosotros. —Ante al expresión incrédula de Marie, Clifford buscó de nuevo la confirmación de Dickson.

El mayordomo salió por segunda vez de su mutismo:

—Es como él dice.

—Tiene que haber una explicación —murmuró Marie, negando con la cabeza.

—Yo también sentí algo —dijo Johan. Todos se volvieron, sobresaltados por su voz grave. Casi se habían olvidado de que estaba allí.

—Yo vi, con la misma claridad con la que os estoy viendo ahora a vosotros, a un esquimal que cruzaba la explanada —reconoció James, casi a regañadientes—. Parecía un cadáver recién salido de la tumba, con un cerco amoratado alrededor de los ojos.

Dickson, la señorita Marsh y Johan se estremecieron. Nemo se volvió hacia Marie.

—¿Tú qué estabas haciendo?

—Trabajaba en el laboratorio cuando, de pronto, entró James muy agitado. Me pilló con un frasco de ácido sulfúrico en la mano y por poco me lo echo encima. Me gritó que fuéramos corriendo a la biblioteca. Que pasaba algo. Salimos escopetados y nos dimos de bruces con Dickson y Clifford.

—Ya solo faltas tú. —Nemo apuntó a Johan con el dedo—. ¿Dónde estabas?

—Estaba... estaba al pie de la escalera, cerrando el conjuro.

—Pues te dejaste algo abierto, ¿no? —comentó con sorna Clifford—. Porque se te coló un fantasma como una casa.

—Pensaba que no creías en ellos —replicó Johan secamente.

—¡Y sigo sin hacerlo!

—Tiene que haber sido un animal... —volvió a la carga Marie.

—¿Alguien de tu familia, quizá? —le espetó Clifford.

—Que no te estoy acusando —trató de aplacarlo Marie—, pero alguien entró en la biblioteca. Por la puerta, que guardaba el señor Trent, resulta imposible que pasara una hormiga: ¡tuvisteis que echarla abajo! La única alternativa es la ventana. ¿Y quién sino un pájaro pudo volar para tocar la campanilla sin dejar huellas o colarse en la biblioteca por la ventana?

—Estaba bien cerrada —replicó James—. Perfectamente encajada en su marco y con el pestillo cruzado.

Nemo estuvo de acuerdo:

—Yo mismo vi como Trent aseguraba el cierre.

Marie no se dio por vencida:

—Aun así, tuvo que ser por la ventana. Quizá el señor Crispin la abrió en algún momento, poco antes de las doce. ¿Recordáis sus palabras?: «Oscuro... oscuro... Vino volando». Para mí que eso es un cuervo.

—Un pájaro no pudo disparar contra el señor Crispin, Marie —objetó James.

—¡Es absurdo! —exclamó Clifford.

—¿Y si fue al revés? —insistió Marie—. ¿Y si fue el señor Crispin quien disparó contra el pájaro? Es una persona muy impresionable. Quizá el encierro en la biblioteca lo agobió. Estaba solo, a oscuras, con la cortina echada, y se acercaba la hora del ataque de Nachtali. Sufrió un ataque de pánico y corrió a abrir la ventana, para que le diera un poco el aire. Lo menos que podía esperar en ese momento es que un pájaro se lanzara sobre él. Se puso a gritar como un loco, mientras trataba de quitárselo de encima. Tiró los objetos del escritorio, volcó la butaca y disparó contra lo que interpretó que era un espíritu. El arma se le cayó al suelo y el pájaro huyó con ella. A los cuervos les encantan los objetos brillantes, ¿no? Todo sucedió tan deprisa que el señor Crispin no llegó a darse cuenta de quién lo había atacado. Solo tuvo tiempo de cerrar la ventana para evitar una nueva agresión. La impresión fue tan fuerte que luego se desmayó.

James se miraba la punta del zapato negando con la cabeza.

—Se te olvidan varios detalles, Marie.

—A ver...

—También desapareció la Roca Púrpura. No es un objeto brillante y me parece pedir demasiado que el pájaro se llevara la pistola entre las patas y el ídolo en el pico. Luego está la mancha de sangre en la camisa del señor Crispin, que el pájaro no pudo causarle. Y para terminar, aunque hiciera sonar la campanilla, ¿cómo explicas los pasos que escucharon Dickson y Clifford en el corredor? ¿Y el esquimal que vi yo?

Marie permaneció indecisa durante unos segundos, a punto de contestar. Pero no llegó a hacerlo.

—James tiene razón —concedió Nemo—, pero me gusta mucho tu teoría.

—¿Qué te gusta de ella? —gruñó Clifford—. ¿Que sale un pájaro? ¡Es ridícula!

—Me parece un buen intento de resolver un misterio imposible. Casi, casi, lo ha conseguido. Demuestra que podemos encontrar una explicación racional sin recurrir a fantasmas. Tú no haces más que protestar.

—Y tú no haces más que preguntar. ¿Quién te crees que eres? ¿El sobrino de Appleby?

—Solo trato de comprender. ¿No se supone que eso es lo que hacéis los científicos?

Un revuelo de pasos distrajo su atención. La ronda de interrogatorios se acababa de cerrar con la señora Sayers, que hizo su entrada en el salón muy pálida, escoltada por Cyril Appleby y el sargento Carrados. La aparición del inspector impuso un silencio sepulcral, que se fue haciendo más espeso a medida que pasaban los segundos sin que se dignara a hablarles. Appleby actuaba como si no hubiera nadie más en la habitación. En realidad estaba desplegando una de sus tácticas habituales. Pretendía ponerlos nerviosos, porque un culpable fuera de sus casillas es más probable que se traicione. Mientras evitaba las miradas y paseaba arriba y abajo por el salón, dándose golpecitos en la barbilla con la libreta, Carrados, cumpliendo sus instrucciones, no perdía detalle de las reacciones. La cocinera y Johan parecían a punto de sufrir un infarto. Dickson permanecía inmóvil, apoyado en la chimenea, aunque tenía que estar achicharrándose. James y Marie seguían las evoluciones del inspector con paciencia, a la espera. Clifford se mostraba indignado, como si la situación fuera una afrenta a su honor, los ojos clavados con obstinación en los dibujos de la alfombra. Nemo observaba con incongruente interés la maqueta de un barco romano, en una de las vitrinas.

Appleby contaba con que todo el mundo estuviera pendiente del menor de sus movimientos. En un momento que había calculado con precisión, giró sobre sus talones y los encaró, al tiempo que cerraba su libreta de una palmada. Johan a punto estuvo de caerse de la butaca.

—Bueno, os voy a ser sincero. —El inspector adoptó un tono casi amistoso, que se fue endureciendo—. La policía siempre atrapa a los culpables. ¿Sabéis cuál es la única diferencia? Que cuanto más tarde confeséis, más tiempo habré perdido yo y mayor será mi enfado. En otras palabras, os irá mucho peor. Sin embargo, si lo arreglamos aquí, ahora, en esta habitación, en *petit comité,* seré generoso. Después de todo estamos en Navidad, ¿no? Si me marcho de esta casa con el ídolo bajo el brazo y el señor Crispin se recupera del soponcio, todo habrá quedado en una broma de mal gusto.

Appleby observó las reacciones que había provocado su pequeño discurso. Su auditorio parecía formado por una colección de estatuas. Hasta la señorita Marsh había dejado de frotarse las manos. Ni siquiera pestañeaban. En vista de que el silencio se mantenía, continuó.

—Bien. Trataré de explicarme mejor. En las tres horas que llevo bajo este techo he obtenido al menos una confesión y pruebas que incriminan a más de una persona.

Era mentira, pero Appleby soltó el anzuelo a ver si alguien picaba. El nivel de nerviosismo de su auditorio había aumentado, desde luego, sobre todo en Johan, Clifford y la señorita Marsh. James, Dickson, la señora Sayers y Marie miraban a los demás, como si esperasen de ellos alguna confesión inminente. Nemo seguía absorto en la maqueta del barco romano.

El inspector carraspeó algo incómodo.

—Está bien. Os ayudaré un poco. —Appleby hizo un gesto al sargento Carrados, que colocó un pañuelo sobre un velador chino, a la vista de todos. Envolvía un objeto—. ¿Os dice algo esto?

Estiraron el cuello para estudiarlo mejor. Nemo apartó la vista de la maqueta. El sargento Carrados desató las puntas del pañuelo y mostró su contenido: tres piedras terrosas y dos fajos de billetes. Lo observaron mudos, sin comprender, como si fuera la primera vez en su vida que veían dinero o puñado de rocas. El inspector dirigió una mirada elocuente a Nemo, que palideció.

—Eran... —la voz le falló al principio y tuvo que respirar hondo antes de continuar— eran los objetos que encontré en mis bolsillos cuando recuperé el conocimiento.

Todas las miradas se centraron en él. Clifford soltó una carcajada seca.

—Perdóname, pero nunca me diste buena espina, Memo.

Appleby no se reía en absoluto. Permanecía tan serio como si asistiera a un funeral.

—Joven, por si te sigue fallando la memoria te recordaré que llego tarde al teatro. Hemos encontrado estas piedrecillas tan feas en tu cuarto y guardan un parecido asombroso con el ídolo robado. Estaban bien escondidas en el fondo de una urna y en buena compañía: nada menos que un centenar de libras. Qué curioso, durante el interrogatorio se te olvidó hablarme de ellas. Eres el único sin coartada: estabas solo cuando estalló el jaleo. Cuando entré en la biblioteca te sorprendí manipulando las pruebas. Sin embargo, no creo que lo hayas podido hacer sin ayuda. Puesto que la señora Sayers, la señora Marsh y el señor Dickson están más allá de toda sospecha, tuvo que ser alguno de estos jóvenes. Así que, por favor, delata a tus cómplices y permíteme llegar al teatro a tiempo.

Nemo se supo perdido. Un aguijonazo de dolor le atravesó la nuca. Se sentía incapaz de pensar. Estaba bloqueado. James dio un paso adelante para salir en su defensa.

—Con todos mis respetos, señor inspector, su acusación es bastante... absurda. Nemo fue uno de los que echó la puerta abajo. Entró con nosotros.

—¿No lo ves, James? —saltó Clifford—. Eso fue después. Pudo trepar al tejado, aprovechar una distracción del gigantón y hacer algo en la ventana.

O'Connor pareció despertar de su letargo.

—¿Hacer el qué, mendrugo? —replicó James—. ¿Volar?

—Se pudo descolgar desde el tejado con una cuerda mientras este miraba a las musarañas —señaló a O'Connor—. Ya visteis que se quedó frito cuando se suponía que tenía que vigilarnos.

O'Connor saltó:

—Musara... ¡A ver si te voy a arrancar la cabeza!

Parecía dispuesto a cumplir su amenaza, pero Appleby lo detuvo a tiempo con un gesto impaciente de la mano.

—¿Cómo pasó a través de los barrotes? —Marie se levantó y se puso al lado de James—. Nemo está flaco, pero no tanto.

—Pudo serrar los barrotes.

James se volvió a Appleby:

—Seguro que ya lo han comprobado.

—Por supuesto —asintió el inspector—. Los barrotes siguen intactos y en su sitio.

—Además tendría que ser una especie de superhombre —añadió Marie—. Se descolgó del tejado, atacó al señor Crispin, salió otra vez por la ventana, trepó de vuelta al tejado y vino corriendo hasta la puerta de la biblioteca en... ¿veinte segundos?

—Y, después de escuchar el disparo, seguro que O'Connor tenía los ojos clavados en la ventana —remató James—. Nos preguntó desde el jardín qué había pasado. Estaba atento. Lo habría visto salir.

Clifford los miró con obstinación, con los puños apretados.

—¡Me da igual! Tiene las piedras y el dinero. Creo que eso es una evidencia.

—Una evidencia de primera —asintió Appleby, que vigilaba la hora con expresión sombría—. Por mucho menos se ha colgado a más de un inocente. —Se volvió hacia Nemo—. La pelota está en tu tejado, míster Amnesia. Ha llegado el momento de recordar. ¿De dónde han salido las piedras y quién te pagó el dinero?

—Ya le he respondido.

—No, no lo has hecho. Mira, no sé en cuántos robos de poca monta habrás participado, pero yo he visto como mínimo cien veces más. Y te diré que todos acaban igual. Siempre. La gente nunca sabe nada, nunca recuerda qué hacía el dinero en el fondo del armario, el cuchillo ensangrentado dentro del tarro de la mermelada... Hasta que reunimos las pruebas. Después de que el juez dicte sentencia, entonces sí saben, de pronto sí recuerdan. Pero ya es demasiado tarde. Yo te estoy ofreciendo que confieses a tiempo. Ahora. ¡Dime dónde está el ídolo y quiénes son tus cómplices!

Appleby se había despojado de su máscara de amabilidad. Trató de aplastar a Nemo con una mirada de fuego. El joven aguantó el envite. La cabeza le daba vueltas y las piernas le temblaban. El inspector se encogió de hombros. Contempló a Nemo con desprecio.

—Como quieras, tiempo tendrás de arrepentirte. —Se dirigió al sargento Carrados—. Por hoy hemos acabado aquí. Espósalo y llévalo a comisaría. Al resto, feliz Navidad.

Nemo sufrió un ataque de vértigo. Era evidente que el inspector no había averiguado nada durante los interrogatorios. Tampoco iba a reconocer el fracaso ante sus superiores. Las piedras y el dinero le bastaban para salvar la cara. ¡Ya tenía su cabeza de turco! Nemo no podía permitir que Appleby saliera de la mansión de Crispin. Tenía que improvisar algo. Rápido, ya. Lo que fuera. Las pistas todavía estaban frescas. En cuanto la policía abandonara la casa, el ladrón aprovecharía para eliminar cualquier prueba que lo incriminara y sacaría el ídolo de allí. Si la Roca Púrpura desaparecía, Nemo perdería sus mejores años tras los muros de una prisión.

Se sobresaltó al sentir el frío de las esposas. Reparó en la mirada consternada de Marie. En el desprecio de Clifford. Appleby estaba recogiendo su abrigo, a punto de marcharse.

El miedo le impedía razonar con claridad. Y la cabeza... El dolor pulsante que irradiaba de la cicatriz había tomado su mente al asalto y machacaba todos y cada uno de sus pensamientos. No podía hacer nada. Sintió unas irrefrenables ganas de llorar.

Capítulo séptimo

En jaque

Carrados le dio un empujón para que avanzara, Nemo trastabilló y cayó de rodillas al suelo. Sus ojos quedaron frente a una de las vitrinas, a la altura de la maqueta del barco romano. Antes había pasado un buen rato contemplándolo, obsesivamente, sin saber muy bien la razón. El resplandor que desprendía el hogar de la chimenea iluminaba las velas, como si quisiera incendiarlas. Y entonces lo vio. Marie lo había dicho: *una de las naves que Arquímedes prendió en llamas.* El fogonazo de la revelación neutralizó por completo su dolor de cabeza. Infinidad de detalles que había observado en las últimas horas encajaron como engranajes y, por fin, pusieron en marcha la maquinaria de su inteligencia. Sucedió lo mismo que cuando supo que había estado en Francia, que Marie era polaca o que Clifford se pasaba la vida pegado al ocular de un microscopio.

—Señor, se le olvida un detalle —dijo, casi sin aliento.

Appleby estaba ya en la puerta.

—Lo dudo. —Le guiñó un ojo y desapareció.

—La Roca Púrpura...

Las palabras quedaron suspendidas en el aire. Al segundo, la cabeza del inspector reapareció en el quicio de la puerta.

—¿Perdona? No te he oído bien.

Nemo se levantó con torpeza, gracias a la ayuda de James y de Marie.

—Se marcha sin el objeto robado —respondió—. Si tanto le aburre el teatro, va a hacer un papelón delante de sus superiores.

—Tienes un cómplice... —Appleby contempló a Nemo con desconfianza. Arrojó su abrigo sobre un sofá y se plantó frente al joven, en jarras, negando con la cabeza—. Niños... Nunca escarmiento. Muy bien, capitán Nemo. Voy a concederte quince segundos. Si lo que me cuentas en ese tiempo me interesa, te concederé otros quince... Y así sucesivamente. En cuanto me aburras, me largo.

Nemo tragó saliva. El margen era escaso, pero tendría que bastar. Era eso o media vida entre rejas.

—De acuerdo. Trato hecho.

—Pues estás perdiendo el tiempo —le advirtió Appleby, consultando su reloj de bolsillo—: ya han pasado cinco segundos.

—Me sobran diez: sé quienes cometieron el robo.

—Dame nombres.

Nemo dudó tan solo un segundo. Dicen que antes de morir repasamos la vida entera en un instante. La que Nemo podía recordar se reducía a unas horas. Su mente repasó los acontecimientos que lo habían traído hasta la mansión del señor Crispin. Escuchó el carraspeo impaciente de Appleby y se confió a su instinto. Con un gesto dramático, que el inspector consideró como una mala imitación del suyo, se volvió hacia Clifford, Johan, Marie y James.

—Fueron ellos, señor. Los cuatro.

Clifford soltó un relincho despectivo. Las mejillas de Johan se volvieron más blancas que las tazas de porcelana. James y Marie cruzaron una mirada. En su expresión podía leerse el mismo reproche: «Será desagradecido».

Appleby atajó sus protestas con una palmada.

—Chssst. A callar todo el mundo. Todo el mundo menos tú, capitán Nemo. Quince segundos...

—También sé dónde está el ídolo.

El inspector arqueó las cejas.

—No juegues más con mis ilusiones, Nemo. Dónde.

—¿Le apetece una copa de brandy?

—Jamás bebo en horas de servicio. Y la verdad es que fuera de ellas, tampoco. Prefiero el zumo de apio.

Nemo arrugó la nariz.

—No tiene por qué beber ni un chupito de brandy. Basta con que examine con atención el tapón de la botella.

El instinto cazador de Appleby se avivó.

—¿Dónde está? —preguntó en un hilo de voz.

—Ni idea —Nemo se encogió de hombros—, se la llevó el señor Trent. ¿En la cocina?

Appleby consultó a Trent, que señaló con un gesto de la cabeza a la señorita Marsh... que respondió tartamudeando:

—Está... La de-dejé en la despensa de la cocina.

Appleby envió a Carrados en su busca. Los dos minutos siguientes se hicieron eternos. A Nemo le pitaban los oídos con una intensidad atroz. No sabía si a causa de la herida o de lo que Marie, Clifford, James y Johan debían de estar pensando de él. Por fin, Carrados reapareció con una botella barriguda y anaranjada. El inspector saltó como por acción de un resorte, se la quitó de las manos y la descorchó.

—Parece un tapón de lo más... —Iba a decir «normal», pero no era en absoluto normal que cediera bajo la presión de sus dedos. De su interior extrajo un cuerpo oscuro, mineral—. ¿Esta esta especie de... birria es el...?

Nemo asintió.

—Es el corazón de Nachtali, señor. Si a usted no le gusta, a mí tampoco.

—Qué más da si nos gusta o no, ¿verdad? —Appleby exhibía ahora una sonrisa de oreja a oreja—. Así que lo escondiste aquí, bribón... Muy ingenioso.

—Yo no lo escondí, señor.

—Por supuesto, perdona. Olvidaba que eres inocente. Y entonces, ¿cómo sabías dónde estaba?

—Lo he deducido. Me sorprende que le sorprenda. ¿Su trabajo no consiste precisamente en deducir las cosas que no sabe o que no le cuentan?

Appleby acusó la pulla, algo molesto:

—Aquí, el único con permiso para ser sarcástico soy yo. Y también el único que hace preguntas: ¿cómo sabías que el ídolo estaba en el tapón?

Nemo carraspeó.

—Voy a necesitar algo más de quince segundos para contestar a eso.

El inspector le mostró la mano abierta y agitó frente a él los cinco dedos.

—Te amplío el plazo a cinco minutos.

Y se sentó, simulando fastidio. En el fondo estaba radiante de alegría. Acababa de recuperar el objeto robado. Una medalla que se pensaba colgar sin atribuir ningún mérito a Nemo. El joven también experimentó un profundo alivio. Respiró hondo. La perspectiva de la cárcel se alejaba. En el lugar del miedo se fue abriendo paso una emoción nueva. Un rabia impulsiva y arrolladora. Rabia contra quien le había colocado en aquella situación espantosa. Rabia contra quien había estado a punto de arruinarle la vida. Rabia contra quien le había robado sus recuerdos. Ahora había sonado la hora de la venganza.

—Supe dónde se encontraba el ídolo desde el principio —afirmó—. Eran habas contadas. Estaba dentro de la biblioteca antes de que entráramos y ya no estaba cuando nos registraron. Alguien tuvo que sacarlo antes. Gracias a las precauciones que adoptó con rapidez el señor Trent, solo salieron tres cosas de ese cuarto, que yo recuerde. El señor Crispin, el propio Trent y la botella que Johan le pasó al detective. No puedo dudar de la honorabilidad de Trent ni de su profesionalidad cuando registró al señor Crispin. Quedaba pues la botella. Si el ídolo hubiera estado en el brandy, lo habrían descubierto al servirle una copa. Por eliminación, tenía que estar en el tapón.

Appleby se palpó la libreta con las notas, en un bolsillo de la chaqueta. ¿Cómo no se le había ocurrido algo tan evidente? Para disimular su azoramiento posó su mirada de halcón en Johan. Temblaba como un médium que fuera a hablar por boca de cien espíritus.

—Ya le dije que participaron todos —continuó Nemo—. Johan sacó el ídolo, pero su participación se redujo a eso.

—No es poca cosa. ¿Y qué hicieron los demás?

—Empezaré por el principio: la visita sobrenatural de Nachtali. Cuando dieron las doce sonó una campana. Dickson, que estaba en el rellano de la entrada, la oyó, y acudió a su llamada, pero lo hizo en la dirección equivocada.

—¿Cómo que en la dirección equivocada? —Dickson se peinó las cejas con dedos temblorosos—. No es cierto, señor. Fui hacia la puerta.

—Lo que estaba diciendo: en la dirección equivocada. A mí me pasó lo mismo hace un rato, en el invernadero. Oí un ruido y pensé que procedía de algún lugar delante de mí, pero se había producido a mi espalda. Nos fiamos de nuestros sentidos, pero mienten como bellacos. Solo contamos con dos oídos y, con la información que recogen, el cerebro debe ubicar la fuente de cualquier sonido. ¿Cómo lo hace? Imagine un círculo en torno a su cabeza —Nemo lo trazó con el dedo a su alrededor— y vaya situando timbres a lo largo de la circunferencia. En la mayoría de los casos, los timbres quedan más cerca de una oreja que de la otra. Al comparar la intensidad del sonido que registra cada oído, el cerebro se orienta. Pero ¿qué sucede si el timbre se sitúa justo a la misma distancia de los dos oídos? Al cerebro le llegará la misma información por dos canales, ¿cómo discrimina si el timbre está delante o detrás?

—Con la vista... —apuntó Marie.

—Por ejemplo. ¿Y si no ve nada? Resuelve el problema en función de sus expectativas. Si tu cerebro espera que el timbre esté delante, lo oirás delante. Si espera que esté detrás, lo oirás detrás. Así funciona. Dickson esperaba una llamada en la puerta. Enfrente de él. Alguien agitó una campanilla a su espalda, con cuidado de hacerlo justo a la misma distancia de los dos oídos. Y el cerebro de Dickson acudió a abrir la puerta. Al otro lado no encontró a nadie, por supuesto. *Porque no había nadie.* La campanilla no era la de la puerta, sino una de las que decoraban el árbol de Navidad que estaba detrás de él, junto a la escalera. Ese abeto es tan grande que lo decoraron con las campanas que se utilizan para llamar al servicio. ¿Y quién engañó a Dickson? La persona que en ese momento lo acompañaba: nuestro simpático Clifford.

—¡Eres un desgraciado!

Clifford lo gritó con rabia, pero había perdido toda la confianza en sí mismo que solía exhibir. Después de insultar a Nemo fue incapaz de pronunciar una sola palabra más, lo que en su caso resultaba de lo más revelador.

—¿Cómo voy de tiempo? —consultó Nemo al inspector.

—Tienes barra libre, capitán —le respondió Appleby—. Sigue, por favor...

—Dickson es un hombre curtido en el Motín de la India, pero posee un punto débil: cree en los espíritus. Eso lo situó en un estado de ánimo muy impresionable. El episodio de la puerta excitó más todavía sus aprensiones. Cuando Clifford se puso a gritar como un loco que notaba una presencia fantasmal y que escuchaba sus pasos, fue el detonante que disparó la sugestión.

—¡Pero oí los pasos! —protestó Dickson, cada vez más confuso.

—Cierto, pero no los causaba ningún dios esquimal echándose una carrera. Los pasos procedían del piso de arriba. Eran sus pasos. —Nemo señaló a Marie—. Esas tremendas botazas con clavos en la suela compensan lo poco que pesa Marie y golpearon el suelo como martillos. En su empeño por poner la casa perdida con sangre de cerdo, Johan había desatado la ira de la señorita Marsh. Dickson ordenó retirar las tupidas alfombras del pasillo de arriba. Yo mismo ayudé a quitarlas y puedo asegurar que pesan una tonelada. Dickson no está acostumbrado a oír ninguna pisada del corredor de arriba, porque habitualmente una alfombra gordísima los amortigua. Los pasos de Marie eran un fenómeno nuevo en un contexto de gran nerviosismo en el que Clifford le indujo a aceptar una presencia fantasmal. En resumen, Clifford creó el efecto de la entrada, Marie fue la responsable de los pasos sobrenaturales y Johan sacó el ídolo de la biblioteca.

—¿Y yo? —se anticipó James, con una de sus sonrisas cargadas de encanto—. ¿Qué hice yo?

—¿Tú? Siento decir que hiciste todo lo demás, James. Tú planificaste el robo y manipulaste a los demás. Ni Marie, ni Johan ni Clifford sabían lo que hacían. Marie y Johan fueron absolutamente inocentes. Clifford, solo a medias. Esta mañana, antes de las doce, le contaste que se te había ocurrido una idea genial para pegarle un susto de muerte a Dickson y, claro, el pobre no pudo resistir la tentación. Llevabais días gastándole bromas pesadas. ¿Recuerdas el ectoplasma de calabaza? Después de que un fantasma atentase de verdad contra el señor Crispin, la broma ya no le hizo tanta gracia a Clifford. Lo convertía en cómplice de un robo. Por eso ha estado tan callado desde entonces.

Clifford mantenía los ojos clavados en sus zapatos de béisbol. Appleby carraspeó.

—¿Es cierto lo que dice?

—Sí.

Lo dijo en un tono casi inaudible, pero en el silencio expectante que se había adueñado del salón, todos alcanzaron a oír su respuesta. El inspector se frotó las manos y se arrellanó en su butaca. Cogió la botella de brandy y se sirvió una copa.

—Por hoy voy a hacer una excepción —se justificó. Después contempló a Nemo con sincero aprecio—. No te negaré que estás exponiendo alguna de las ideas que tenía anotadas en mi libreta. —Aquí se dio unos golpecitos en el bolsillo de la chaqueta—. Pero sigamos. ¿Por dónde íbamos? ¿Cómo pudo entrar nadie en la biblioteca, disparar contra el señor Crispin y desvanecerse antes de que echarais la puerta abajo?

—El disparo lo hizo James.

El joven matemático soltó una carcajada.

—¿Cómo? ¿Atravesando la pared? Vamos, Nemo. Cinco personas me vieron llegar a la puerta: Trent, Marie, Clifford, Dickson, Johan... ¿Quieres más testigos? Oímos el disparo juntos.

—Es verdad, Nemo —dijo Marie, dudosa.

—Lo sé, Marie. He dicho que James hizo el disparo, no que lo hiciera cuando creímos oírlo. El disparo lo hizo ayer.

—Ayer. Claro —asintió James—. Y sonó un día después.

—No, sonó ayer.

—¿Y no lo oyó nadie?

—Lo oímos todos, solo que no sabíamos que estábamos oyendo un disparo. Bien que te ocupaste de comprar una caja de *crackers* y de dársela a Clifford. ¿Resultado? Una tarde en la que nos hartamos de oír estallidos —Dickson, la señora Sayers y la señorita Marsh asintieron con vehemencia ante la mirada inquisitiva de Appleby—. Creaste el clima perfecto para que sonara un disparo y nadie le prestara la más mínima atención. Muy brillante.

—Pero hoy escuchamos un disparo en el interior de la biblioteca, había una nube de pólvora —objetó Marie.

—Todos vimos la pólvora —reconoció Nemo— y, como habíamos oído una detonación y luego encontramos una bala, concluimos que alguien había disparado una pistola. Pero ¿dónde estaba? Me costó comprender la respuesta, aunque fuera evidente. *No encontramos ninguna pistola porque no hubo ninguna pistola.* No escuchamos un disparo, escuchamos una explosión, que es muy distinto.

Nemo hizo una pausa y se dio cuenta de que los demás escuchaban cada una de sus palabras como si les fuera la vida en ello.

El inspector dio un trago a su copa de brandy y le invitó a continuar con una amplia sonrisa:

—Nos tienes en ascuas, Nemo. ¿Quién o qué causó la explosión? ¿El señor Crispin? —Nemo negó con la cabeza—. ¿Un fantasma entonces? No había ningún mecanismo de relojería dentro de la biblioteca. Nadie pudo meterlo ni sacarlo tampoco. La habitación estaba cerrada a cal y canto y guardada por dos policías.

—No tan cerrada. Había un agujero muy pequeño por el que podía colarse alguien.

—¿En la pared? ¿En el techo? ¿Debajo de la puerta? —Appleby negó rotundamente—. Mis hombres lo han examinado todo a fondo. Te aseguro que son muy buenos. Es imposible que se les haya pasado nada.

—Pues sí que se les ha pasado. ¿Han reparado en el agujero que había en la cortina?

—Ahí has ido demasiado lejos, Nemo —protestó James—. ¿Quién iba a entrar en la biblioteca por ese agujero?

Marie se puso de pie de un salto.

—¡El sol! El calor puede producir una detonación...

—Exacto. —Nemo sonrió por primera vez desde hacía muchas horas. Se volvió hacia el inspector, que había perdido el hilo de las explicaciones—. Hay un agujero en la cortina de la biblioteca que deja pasar un haz de luz. El señor Crispin lo utiliza para reproducir el experimento de Newton. Habitualmente la luz va a parar a un prisma. Pero alguien dio el cambiazo. —Se volvió hacia Johan y Marie—. ¿Recordáis quién propuso correr la cortina?

—James...

—Una vez que la habitación quedó en penumbra, aprovechó para sustituir el prisma por una lupa. ¿Os fijasteis en la pinza de la ropa? ¿Qué hacía en la biblioteca? La usó para sostener la lupa de pie. Apartó la pantalla donde se proyecta el arcoíris y colocó en su lugar un cenicero con pólvora. ¿Qué plazo le dio Nachtali al señor Crispin para que devolviera la Roca Púrpura? Hasta las doce del mediodía. ¿Por qué fijó esa hora tan intempestiva para un fantasma? Cualquier astrónomo, como James, os aclararía que es la hora a la que los rayos de sol caen con más intensidad sobre la Tierra. ¿Conoce la historia de Arquímedes?

Appleby asintió sin demasiada convicción.

—Claro. ¿Quién no?

—Arquímedes quemó los barcos romanos que asediaban la ciudad de Siracusa. Lo hizo a distancia, desde las murallas, concentrando el calor de los rayos del sol en las velas, mediante espejos. James realizó una versión más modesta del experimento. La lupa de la biblioteca concentró el rayo de sol que se filtraba a través de la cortina en un punto del cenicero, mientras Crispin leía en su butaca. Cuando la pólvora alcanzó la temperatura de ignición, provocó la explosión que rompió el cenicero.

—La pólvora arde, pero no explota, a no ser que se confine en un espacio reducido —le interrumpió Marie, pensativa—. Tuvo que mezclarla con algún otro ingrediente. ¿De dónde pudo sacarlo? Ah, ¡de los *crackers!* Para que estallen, dentro llevan una cuerda impregnada en fulminato de plata. Es un compuesto explosivo extremadamente sensible al roce o al calor.

—Gracias, Marie. Analizaremos los fragmentos del cenicero en el laboratorio —dijo Appleby—. Bueno, Nemo. La cosa está que arde, nunca mejor dicho...

—Cuando echamos la puerta abajo, estábamos bajo una fuerte sugestión. Algo sobrenatural acababa de ocurrir. En cuanto descubrimos al señor Crispin caído en el suelo, con la camisa manchada de sangre y balbuceando, toda nuestra atención se concentró en él. James sabía que contaba con un minuto de margen, por lo menos, para hacer cualquier cosa sin que nadie se fijara en él. Aprovechó bien el tiempo: volvió a cambiar la lupa por el prisma. Cogió el ídolo de la mesa y lo introdujo en un tapón de corcho hueco. Ejecutó el intercambio de tapones y, por fin, descorrió la cortina. Con todo, como disponía de tan poco tiempo, dudo que lo perdiera borrando sus huellas. Las del tapón me parecen particularmente comprometedoras.

—Pero quien sacó el ídolo de la habitación no fue él.

—No, fue Johan. Tiene que entender, inspector, que James es un genio de la improvisación. Se hubiera ocupado él si no le hubiera quedado más remedio, pero prefirió no atraer la atención demasiado sobre sí mismo y que lo hiciera otro. —Nemo se dirigió a Johan—. ¿Por qué cogiste la botella? Es de las pocas iniciativas que te he visto tomar desde que te conozco.

—Cuando Trent iba a sacar al señor Crispin, James comentó que le iría bien una copa de brandy para reanimarlo —respondió Johan, a punto de arrancarse otro botón de la chaqueta—. Yo estaba junto al mueble con las bebidas. Me hizo un gesto y por eso cogí la botella.

Nemo dirigió un gesto elocuente a Appleby:

—Así que James solo tenía que esperar a que usted se fuera al teatro para acercarse a la cocina y recoger el tapón falso con la Roca Púrpura.

—Quedan los gritos del señor Crispin, su petición desesperada de ayuda, la mancha de sangre en la camisa...

—Usted describió su estado con absoluta precisión al llegar aquí: sufría un delirio alucinatorio, inducido por un alcaloide. ¿Se fijó en lo dilatadas que tenía las pupilas? No sé qué método utilizó James. No soy un experto en alucinógenos. Quizá se puedan echar en la bebida.

—Vaya si se pueden —asintió Appleby—. El informe del doctor Thorndyke nos sacará de dudas.

—En cuanto a la mancha de la camisa, no es sangre, es tinta roja. La venden en cualquier bazar del barrio chino como artículo de broma. Es una tinta invisible que se vuelve roja con el calor del cuerpo. La llaman «el sudor del vampiro».

—Qué divertido. Otra tarea para el laboratorio —asintió Appleby—. ¿Nos dejamos alguna cosa en el tintero?

—No hace falta que le diga que James tampoco vio a ningún esquimal desde la ventana del segundo piso.

—Me hago cargo. —Appleby se rascó la barbilla repasando mentalmente todo lo que le había contado Nemo—. ¿Y si hubiera hecho un día nublado?

Nemo se encogió de hombros.

—No habría intentado el robo. Igual que si Dickson se hubiera dado cuenta de que Clifford le estaba tomando el pelo. O de que los pasos fantasmales los causaban las botas de Marie... James preparó una suma de efectos y podía retirarse del juego cuando quisiera. Nada lo comprometía hasta el final. El único paso irreversible era el robo, que dejó para el último momento. Dickson picó el anzuelo, hizo suficiente sol, se produjo la detonación, el efecto sobrenatural funcionó de maravilla, el alcaloide actuó en el instante preciso. Así que siguió adelante...

—¿No había otra manera más sencilla de hacerlo?

—La amenaza de Nachtali sirvió para que el señor Crispin sacara su carísimo meteorito de una cámara acorazada y lo situara en una situación vulnerable. El espectáculo paranormal desvió la atención de todo el mundo. Piénselo. Si usted no hubiera descubierto las piedras y el dinero, ¿qué tendría ahora? Un robo tan absurdo como incómodo. A lo mejor lo terminaba archivando en la carpeta donde se guardan los casos que no tienen explicación.

—Esa carpeta no existe en Scotland Yard —replicó tajante Appleby—. Y ya que has mencionado las piedras y el dinero...

—Le dije la verdad. No recuerdo quién soy ni cómo acabaron en mi bolsillo, pero puedo hacer algunas suposiciones. No sé si se ha fijado en que James ha salido en mi defensa.

—Sí, reconozco que eso me chirría un poco.

—Usted me ha preguntado hace un minuto: «¿No había otra manera más sencilla de robar el ídolo?». Claro que la había. Existía un plan alternativo, pero salió mal. Que James me defendiera demuestra que yo lo conocía. El doctor Thorndyke me dijo que podía recuperar la memoria en cualquier momento. No, a James no le interesaba que yo fuera a prisión, recordara de pronto y, al sentirme traicionado, lo delatara. Lo que le interesaba es que triunfara la hipótesis de un robo inexplicable.

—Así que tú crees que os conocíais.

—Cuando dejamos al señor Crispin en la biblioteca, alguien sopló la vela de Johan. James nos preguntó si teníamos fuego y, al llevarme las manos a los bolsillos, qué casualidad, descubrí el papel que me quitó el señor Carrados al registrarme. Estoy seguro de que una prueba grafológica certificará que la escribió James.

Appleby asintió. Recordaba perfectamente la nota anónima donde citaban a Nemo en el invernadero.

—Quería alejarte. No me extraña. Yo tampoco querría tenerte cerca en el momento en que fuera a intentar un robo.

Nemo lo tomó por un cumplido y sonrió.

—Él había diseñado otro plan para sustraer el ídolo de la habitación acorazada, para el que necesitaba un cómplice. Me envió las cien libras y las tres piedras. El dinero era para tentarme. Ignoro cuál era mi situación al llegar a Londres. Probablemente estaría en algún apuro. Las piedras son meteoritos y me las dio para que supiera reconocer la Roca Púrpura. Debimos quedar en el callejón. Quiero creer que rechacé su oferta. Quizá amenacé con denunciarlo si seguía adelante con el plan. Nos peleamos y me golpeó. ¿Creyó que me había matado? ¿Alguien se acercó al oír la discusión y provocó su huida? Cuando me reconoció dentro de la mansión, reaccionó con una expresión de terror. Entonces me extrañó, pero estaba tan aturdido por la conmoción que no le presté atención. Lo cierto es que James no volvió a respirar tranquilo hasta que supo de labios de Clifford que yo había perdido la memoria.

El inspector Appleby se reclinó en su butaca, abstraído, y apuró la copa de brandy.

—Me parece una historia demasiado buena para no ser cierta —dijo, antes de volverse hacia James—. ¿Tú que opinas?

A medida que Nemo exponía su teoría, James había ido perdiendo su expresividad. Conservaba el mismo rostro, pero de algún modo se había convertido en otra persona. Ahora permanecía de pie, con las manos en los bolsillos, indiferente, como si no estuvieran hablando de él. Antes de contestar a Appleby, esbozó una lenta sonrisa.

—Es cierto que me confabulé con Clifford para gastarle una broma a Dickson. —Se encogió de hombros—. No es nada personal, pero la situación lo estaba pidiendo a gritos. En cuanto a lo demás... solo puedo decirle que vi un esquimal desde la ventana. Si cree usted otra cosa, demuéstrela.

Appleby asintió.

—No creo que vaya a llevarnos mucho trabajo. El capitán Nemo nos ha puesto firmes: análisis grafológicos, químicos, de huellas, de estupefacientes... El resultado de las pruebas tendrá la última palabra, desde luego, pero ¿sabes qué detalle me resulta más convincente? Nemo no podía saberlo, pero al registrarte, el sargento Carrados encontró en el bolsillo de tu chaleco el tapón de una botella de brandy. No le dimos ninguna importancia entonces. Ahora, claro, lo veo con otros ojos. —Se dirigió a Carrados—. Está bien. Cambiamos de plan y de prisionero. Suelte a Nemo. Nos llevamos al joven James... ¿cuál era tu apellido?

—Moriarty, señor —contestó James con una nota de orgullo.

—El joven James Moriarty... —Appleby suspiró y consultó una vez más su reloj. Eran las siete en punto. Si se daba prisa, aún podía llegar a tiempo de dormirse en el segundo acto.

Carrados liberó a Nemo de las esposas, que cambiaron de manos y fueron a parar a las de James.

El joven mantuvo su sonrisa confiada contra viento y marea. Sus ojos, sin embargo, no sonreían. Marie no pudo evitar un escalofrío.

Mientras se frotaba las muñecas, Nemo abordó a Appleby, que recogía por última vez su abrigo.

—¿Puedo pedirle un favor?

—Adelante. Pero no te entretengas mucho.

Nemo encaró entonces a James.

—¿Quién soy? Tú lo sabes...

En realidad no fue una pregunta, fue una reclamación. La sonrisa terrible de James se acentuó. Su voz, sin embargo, sonó tranquila, casi plácida:

—¿Quién sabe? ¿No eres tan inteligente? No quiero estropearte la diversión. Piensa, seguro que lo averiguas.

En sus ojos despuntó una mirada dura, que se clavaba como un cuchillo. Nemo bajó la cabeza. Su expresión de desamparo fue lo único que James pudo llevarse a prisión, lo único que, al fin y al cabo, logró robar de la mansión del señor Crispin.

EPÍLOGO

En claro

Cyril Appleby llegó a tiempo de dormirse en el segundo acto de *Las chinelas del jorobado*. A la mañana siguiente puso en marcha una metódica investigación, que confirmó punto por punto las deducciones de Nemo. También esclareció ciertos detalles que este no había tenido medios de averiguar, entre otros, el móvil del robo. El padre de James, Jerrold Moriarty, era un abogado ilustre que se había arruinado por culpa de arriesgadas especulaciones financieras. Los criados de Nigel Ackroyd, el coleccionista que había perdido la puja por la Roca Púrpura, reconocieron que su señor se había entrevistado en un par de ocasiones con James. El joven nunca admitió su culpabilidad. Recuperado del susto y del alucinógeno, el señor Crispin no quiso presentar cargos contra él, pero la maquinaria de la justicia ya se había puesto en marcha. James Moriarty fue condenado a un año de prisión. En la cárcel de Newgate hizo amistades poco recomendables, que le revelaron mil modos de pagarse sus estudios sin recurrir a la ayuda de la familia. Su *Tratado sobre la dinámica de un asteroide* sigue ocupando un lugar de honor entre las obras clásicas de la astronomía moderna. Por desgracia, con el paso del tiempo, otras actividades más mundanas distrajeron su interés por la ciencia.

Appleby puso a disposición de Nemo el registro de personas desaparecidas de Scotland Yard. Juntos repasaron la lista de pasajeros de todos los barcos que habían atracado en los puertos de Inglaterra durante la semana anterior a su llegada a la mansión del señor Crispin. Ningún nombre despertó en el joven la menor reminiscencia. Appleby recibió el nombramiento de inspector jefe que tanto esperaba y propuso a Nemo que trabajase con él en su nueva división de investigación criminal. El joven le agradeció la oferta, pero antes de tomar una decisión sobre su futuro necesitaba aclarar sus ideas.

El señor Crispin se sentía tan agradecido con Nemo que hasta se ofreció a adoptarlo. El joven se limitó a aceptar su hospitalidad. Tres días después del ataque de Nachtali, Clifford, Johan y Marie hicieron las maletas para regresar a casa. Clifford a punto estuvo de sufrir una combustión espontánea cuando Gideon declaró el premio desierto. El jurado del concurso, integrado por cinco distinguidos miembros de la Royal Society de Londres, había fallado a favor de James Moriarty. Gideon se negó a darle un penique de su dinero. Con todo, reconoció que si había presentado el mejor proyecto de investigación, no podía entregarle el premio a otra persona.

Nemo solo se despidió de Marie. La acompañó hasta la estación Victoria y se quedó esperando en el andén, mientras los mozos se apresuraban con las carretillas de los equipajes. Marie, que ya se había acomodado en su compartimento, deslizó el cristal de la ventana y se asomó para, así, de puntillas, mantener una última conversación con Nemo.

—No sé cuántos amigos tuviste en el pasado, pero a partir de ahora puedes contar, por lo menos, con una.

—Gracias, Marie. Seguro que vales por todos los amigos que he olvidado. Tu único defecto es que seas polaca y que te tengas que volver a Polonia.

—Allí tienes tu casa. Te escribiré a la dirección del señor Crispin. De momento, el destinatario será el capitán Nemo. Dentro de unas semanas ya me contarás cuál es tu verdadero nombre.

Nemo le agradeció de corazón que diera por sentado que fuera a descubrirlo. Una campana resonó en la estación. El revisor terminó de recorrer los vagones para asegurarse de que todas las portezuelas estaban cerradas. El silbato de la locomotora emitió un pitido desafinado y de la chimenea escapó un largo penacho de humo.

—Adiós, Marie. ¡No dejes de investigar!

—Descuida.

—Si no te queda más remedio, cásate con un químico.

Marie le guiñó un ojo:

—Puestos a pedir, que también sea guapo y tenga su propio laboratorio.

—Claro. Alguno tiene que haber. Aunque te tengas que marchar a París para encontrarlo. En serio. No desperdicies tu talento. Enséñales lo que es bueno a los Cliffords y James del mundo.

El chirrido de las ruedas sobre los raíles no le permitió comprender las últimas palabras de Marie. El tren dejó atrás la estación. Plantado en un extremo del andén, Nemo agitó la mano, mientras Marie hacía lo mismo asomada a la ventanilla, hasta que se hizo tan pequeña con la distancia que ya fue incapaz de distinguir sus rasgos. Sintió que se marchaba su única amiga. Una enorme pérdida dentro de su brevísimo pasado.

El doctor Thorndyke le había dicho que lo normal era que la amnesia remitiera en las primeras semanas. Transcurrido un mes y medio, Nemo abandonó la esperanza de recuperar alguna vez sus recuerdos. Esa certeza tampoco le hizo darse por vencido. Las últimas palabras de James resonaban en su cabeza con fuerza: «¿No eres tan inteligente? Piensa, seguro que lo averiguas». El acento de Nemo era de Londres. Alguien tenía que conocerlo en la ciudad. Se compró un plano y de forma metódica se dedicó a visitar cada uno de sus comercios. Se dejó ver en todas las plazas, en todos los mercados, en todas las estaciones de tren. Buscaba los ojos de todas las personas, atento a sus reacciones, buscando una chispa de reconocimiento. La mayoría terminaba por desviar la mirada. Unos pocos respondían con una expresión suspicaz o desafiante.

A medida que transcurrían las semanas su confianza acabó por flaquear. En el plano, las calles del centro se habían cubierto de tachones. Continuó su búsqueda en las afueras por pura cabezonería. Solo le quedaban por visitar un par de distritos.

Así fue cómo recaló en Deptford, una barriada al sudeste de la ciudad. Cuando el reloj de St. Paul marcó las siete y media, decidió que aquella pequeña tienda de material de bellas artes que quedaba al otro lado de la calle sería la última apuesta del día. El señor Crispin lo esperaba para cenar dentro de una hora. Llevaba toda la tarde entrando y saliendo de una treintena de establecimientos, sin resultado, y se sentía cansado. Ya había anochecido y la ciudad presentaba su rostro más desangelado. La luz amarillenta de las farolas apenas lograba abrirse camino ante el acoso de una espesa niebla. Nemo vio la ciudad como un animal vencido por el invierno. Se consoló pensando en el pudin de la señora Sayers. Todavía faltaba media hora para el cierre de los comercios y en la calle la gente se apresuraba de vuelta a casa, agarrándose el sombrero para que el fuerte viento no se lo arrebatara.

En el escaparate de la tienda, los pinceles acumulaban polvo y telarañas, entre caballetes y lienzos dispuestos sin orden ni concierto. Nemo creyó reconocer un par de cuadros, pero albergó pocas ilusiones. Había sufrido espejismos similares en muchas otras ocasiones. La puerta estaba entreabierta.

Nadie atendía en el mostrador. Poco después de que sonara el cencerro de latón que colgaba del dintel de la puerta, unos pasos se arrastraron procedentes de la trastienda. De un estrecho pasillo, emergió una mujer que se limpiaba las manos manchadas de pintura en un mandil. Desprendía un olor familiar y confortable, a linaza y trementina. Nemo la observó con detenimiento y de inmediato sintió el mordisco de la decepción. Su rostro no le sonaba de nada. Ella sonrió al verlo.

—Te hacía en París. ¿Cuándo has vuelto?

El corazón de Nemo detuvo sus latidos durante un segundo y, a continuación, se desbocó.

—¿Sabes... quién soy? —preguntó con una voz ronca que a punto estuvo de romperse.

La mujer se rio, sin comprender.

—¿Cómo que si sé quién eres? No ha pasado tanto tiempo para que pueda olvidarte. Al final, ¿qué han sido? ¿Siete meses?

Nemo tuvo que apoyarse en el mostrador. Le había entrado tal flojera en las piernas que apenas se sostenía en pie. Trató de devolver la sonrisa, con una mezcla de simpatía y desvalimiento que emocionó profundamente a la mujer.

—Si te hago una pregunta, ¿me responderás?

—Claro. Si conozco la respuesta y no tiene que ver con mi edad...

—¿Cómo me llamo?

La mujer abrió ligeramente los labios, desconcertada, y el joven se quedó sin aliento. La emoción estaba a punto de desbordarlo.

—¿Qué te ha pasado? —La preocupación afloró en el rostro de la tendera—. ¿Estás bien?

Pero el joven no contestó. Las lágrimas apuntaban en sus ojos bien abiertos. Permanecía atento, obstinado, aguardando la respuesta.

—Holmes, Sherlock Holmes... —dijo al fin la mujer, casi en un brote de indignación—. Así te has llamado siempre. Por lo menos desde que tus padres te bautizaron en la parroquia de St. Chad, en Yorkshire.

—¿Sherlock? —preguntó Nemo extrañado.

¿Sherlock Holmes? Así, a bote pronto, le resultó un nombre un poco extravagante. A medida que se lo repetía una y otra vez, como si fuera un mantra, sintió que se quitaba un peso aplastante de encima.

Pasó el resto de la tarde en la tienda, aprendiendo muchas cosas de sí mismo que había olvidado. Cuando salió de nuevo a la calle, el frío y la oscuridad, que apenas combatía el resplandor mortecino de las farolas, ya no le desanimaron. Se llevó la mano a la cicatriz de la nuca. La herida estaba curada del todo. Ayudó a la mujer, la señora Phyllis James, a cubrir con tablones el escaparate. Luego ella se encargó de cerrar la tienda con llave y le entregó el papel donde había apuntado la dirección de su hermano mayor, Mycroft Holmes. Sherlock le dio las gracias por todo y le estampó un beso sonoro en la frente. Luego corrió a la mansión del señor Crispin a informarle de cuál era su verdadero nombre. Y a disculparse, porque esa noche no se repartirían el exquisito pudin de la señora Sayers. Esa noche prefería dormir en casa.

APÉNDICE

Marie Curie

La vida de Marie Curie se puede contar como una película de terror. Eso sí, aunque se llevó mil sustos, ella nunca pegó gritos ni salió corriendo. Marie vino al mundo en Varsovia, en 1867. Nació en un lugar hermoso, pero en un momento bastante feo. Los austriacos, los prusianos y los rusos habían

decidido repartirse Polonia como si fuera una tarta de cumpleaños. A la familia de Marie le tocó vivir en el trozo ruso. En la escuela, las clases se tenían que dar en ruso, pero los polacos enseñaban a escondidas la historia y la lengua de su país, ¡así que Marie tuvo que estudiar el doble! Sus padres además eran maestros. Desde que se levantaba hasta que se acostaba, allá donde fuera, siempre estaba con un profesor. Aterrador, ¿verdad?

Como esta es una historia de miedo, toca empezar con los sustos. Cuando Marie tenía diez años, su hermana mayor Zosia murió de tifus. Dos años después murió su madre, de tuberculosis.

Marie completó la Secundaria siendo la primera de la clase, aunque tenía dos años menos que el resto de sus compañeros. Había nacido con un cerebro fuera de serie y le encantaba aprender, así que le esperaba un maravilloso futuro en la universidad, ¿verdad? Pues, no. A partir de aquí, su vida se convertiría en una película de zombis. Marie estaba rodeada de personas de aspecto normal, pero en cuanto le oían decir que quería ser química, física o matemática, ponían los ojos en blanco, les sangraba la nariz, vociferaban, rompían los platos o soltaban espuma por la boca.

En Polonia, como en la mayoría de países del mundo, las mujeres no podían estudiar una carrera en aquella época. Por fortuna, también existían pequeños reductos libres de zombis. Uno de ellos estaba en París. Pronto Marie y su hermana Bronia desarrollaron un plan para escapar de los muertos vivientes. Marie trabajaría como institutriz para pagar los estudios de medicina de Bronia. Cuando se graduara, intercambiarían los papeles y sería su hermana quien la mantuviese a ella.

Aunque en París hubiera menos zombis, allí la vida también fue de susto. Marie alquiló una diminuta buhardilla, en el barrio latino, que quedaba en una sexta planta sin ascensor. Cuando al llegar a la calle se daba cuenta de que se le había olvidado el paraguas, no subía ni aunque estuvieran cayendo chuzos de punta. Le habían prestado una estufilla para calentarse, pero como no tenía un céntimo para comprar carbón, la mayoría de las veces estaba tan fría como el resto de la casa. En las noches de invierno, el agua del lavabo se convertía en un bloque de hielo. Para no acabar como una *pizza* congelada, Marie apilaba toda su ropa (que tampoco era mucha) encima de la cama antes de acostarse.

El entorno podía ser deprimente, pero cuando Marie se ponía a pensar en asuntos científicos el resto del mundo desaparecía. Hasta se olvidaba de comer. Hay que reconocer que, cuando se acordaba, tampoco podía comer demasiado. El dinero apenas le llegaba para un poco de chocolate, pan, huevos y fruta. En una ocasión llegó a perder el conocimiento de hambre.

Si te dan miedo las matemáticas y la física, es en este punto donde la historia se vuelve más aterradora, porque lo que hacía Marie en aquella buhardilla helada y miserable, medio muerta de hambre, era... resolver ecuaciones endiabladas y tramar toda clase de experimentos. En física fue la primera de su promoción, y en matemáticas, la segunda. Cuando los zombis se enteraron, pusieron los ojos en blanco, soltaron espuma por la boca y rompieron un montón de platos. Marie sonrió.

Después de tanto estudiar, de pasar tanto frío y de comer tan mal, llegó a la conclusión de que lo suyo era la química. ¡Necesitaba como fuera un laboratorio! Un físico polaco le presentó a un colega suyo, Pierre Curie, jefe del laboratorio de la Escuela Municipal de Física y Química Industrial de París. Marie le preguntó si le podía hacer un pequeño hueco entre sus probetas. Pierre aceptó encantado, se enamoró de ella y le pidió que le hiciera un pequeño hueco en su vida. Marie no pudo decirle que no: ¡Pierre también se olvidaba de comer cuando pensaba en asuntos científicos! Mantenían conversaciones muy románticas sobre el magnetismo o el efecto de la electricidad en los cristales. A ellos les latía el corazón más deprisa. El resto de la gente huía despavorida. El vestido de novia de Marie fue un mono de trabajo azul, que le venía que ni pintado para el laboratorio.

Por aquel entonces, algo muy inquietante se cocía en lo más profundo de los átomos. Cuando las viejas placas fotográficas se exponían al sol, la luz las oscurecía. Un físico francés, Henri Becquerel, había descubierto que los minerales de uranio tenían el mismo poder, aunque no fueran luminosos. Aquellas piedras se comportaban como soles tenebrosos y diminutos, que velaban las placas fotográficas en la oscuridad. ¿Cómo lo hacían? Del uranio tenían que escapar unos rayos invisibles, más penetrantes que la propia luz, puesto que atravesaban los materiales opacos. ¿De qué estaban hechos? Nadie lo sabía.

Los rayos uránicos resultaban intrigantes y espeluznantes. Eran el tema de investigación perfecto para Marie. A finales del siglo XIX se conocían unos setenta elementos químicos. Marie pasó revista a todos los que pudo, aunque fueran difíciles de pronunciar, como el estroncio y el molibdeno, para estudiar si emitían rayos uránicos. Solo los detectó en el torio. El uranio y el torio fueron los primeros elementos radiactivos. Marie les dio ese nombre porque la palabra «rayo» procede el latín *radius*.

Los elementos químicos son como los ingredientes de la cocina, rara vez se presentan solos y, según cómo se mezclan, producen resultados muy diferentes. La sal le va fenomenal a las patatas fritas, pero produce un sabor horrible cuando se añade al yogur de fresa. De modo parecido, el carbono combinado con el oxígeno produce un gas y cuando se les une el hidrógeno dan lugar a la madera o al azúcar. Las diferencias se deben a la forma en que los átomos se relacionan entre sí. Marie descubrió, sin embargo, que los rayos misteriosos no dependían de estas combinaciones. Daba igual si el uranio se presentaba aislado, como un metal, o si se asociaba con el oxígeno para crear minerales: seguía siendo radiactivo. Llegó a la conclusión de que los rayos procedían del corazón mismo del elemento.

A medida que profundizaba en el misterio, averiguaba cosas más inquietantes. La pecblenda, un mineral de uranio, emitía rayos más poderosos. aún que el uranio en estado puro. ¿Cómo era posible? Marie sospechó que en las entrañas de la pecblenda se escondía un elemento desconocido, mucho más temible que el uranio y el torio. En lugar de salir corriendo, decidió desenmascararlo.

Quizá te imagines a los químicos con una bata blanca, trabajando en un espacio luminoso, repleto de tubos y frascos de cristal relucientes. El laboratorio de Marie era una vieja sala de disección y ella parecía una bruja preparando pociones en su caldero. En el mineral de pecblenda no solo había uranio y un elemento secreto oculto. Casi se puede decir que había de todo: hierro, aluminio, plomo, silicio... ¡Hasta agujas de pino había!

Armándose de paciencia, Marie fue sometiendo la pecblenda a toda clase de descomposiciones químicas. Poco a poco, fue apartando de la mezcla los átomos conocidos, obteniendo a cada paso muestras más puras del elemento misterioso. El trabajo resultó agotador, pero mereció la pena. Al final no solo había un elemento escondido, ¡había dos! Para fastidiar un poco a los rusos, a los austriacos y a los prusianos, al primero lo llamó polonio. Al segundo, el más poderoso de la serie, más terrible todavía que el uranio, el torio y el polonio, lo llamó radio.

Después de tres años de esfuerzos, de 1 000 000 g de pecblenda Marie logró extraer 0,1 g de cloruro de radio (una combinación de cloro y radio). La piedrita blanca que obtuvo

Marie Curie en su laboratorio.

parecía mágica. Se comportaba como un sol en miniatura. Al cogerla te calentaba la mano sin arder y brillaba en la oscuridad, con un espectral resplandor azulado. Quemaba el papel, alteraba el color de los cristales y la química del aire, que olía a ozono y conducía la electricidad. Las muestras de radio convirtieron el laboratorio de Pierre y Marie en una guarida de fantasmas. Ella lo describía así: "Una de nuestras alegrías era entrar en nuestro taller de noche; percibíamos entonces las siluetas débilmente luminosas de las botellas y las cápsulas que contenían nuestros productos. Era una imagen realmente encantadora y nunca nos cansábamos de ella. Los tubos resplandecían como pálidas bombillas de colores". ¿Encantador? ¿Tú te atreverías a pasar una noche en el laboratorio de los Curie? Brrr.

Llegados a este punto, las cosas marchaban demasiado bien para los Curie. En las películas de miedo sabes que cuando han pasado diez minutos desde el último susto, se aproxima uno que te dejará clavado en el asiento. Así ocurrió en la vida de Marie. Una tarde de primavera, mientras Pierre caminaba pensando en asuntos científicos, el mundo a su alrededor desapareció. Por eso no pudo ver que un coche de caballos se le venía encima. Murió en el acto, atropellado.

Fue un durísimo golpe para Marie. Ahora que Pierre ya no estaba, se sentía muy sola y echaba de menos a alguien con quien hablar de elementos ocultos y rayos letales mientras desayunaba o daba un paseo. Se consoló charlando con sus hijas. A la mayor, Irene, le gustó tanto lo que le contaba que decidió hacerse química también. Ella fue quien descubrió la radiactividad artificial y produjo variedades de elementos químicos que no existían en la naturaleza y que emitían rayos uránicos.

¿Has oído decir alguna vez de una persona que "murió de éxito"? A Marie le ocurrió en sentido literal. Alcanzó la gloria científica gracias al radio, pero los rayos misteriosos dañaron gravemente las células de su cuerpo. Hay quien necesita dormir abrazado a su osito de peluche. Marie prefería dejar un mineral radiactivo en la mesilla de noche. Tanto le fascinaba el nuevo elemento, que jugaba a todas horas con él. Escribió, por ejemplo, que "si una sustancia radiactiva se coloca en la oscuridad cerca del ojo cerrado o de la sien, una sensación de luz llena el ojo". La larga exposición a la radiactividad hizo enfermar a Marie y acabó por matarla. Los cuadernos de laboratorio de los Curie resultan tan peligrosos y terribles que leerlos puede acabar con tu vida. La culpa no es de ninguna maldición. Fueron escritos en el fantasmal laboratorio que brillaba en la oscuridad y sus páginas quedaron impregnadas de radiactividad. Hoy se guardan en un baúl de plomo.

Marie fue la primera mujer en hacer muchas cosas. Fue la primera en obtener un doctorado en Francia, por ejemplo, en dar clases en la Sorbona de París o en recibir un premio Nobel. Lo que nos indica dos cosas: lo inteligente que era y lo zombificada que estaba la sociedad de su tiempo. Muchos hombres sostenían entonces que estudiar dañaba física y mentalmente a las mujeres o que la ciencia no se les daba bien. Ante los logros de Marie, se quedaron sin argumentos. Ella demostró que cuando a una mujer le gusta la ciencia lo mejor que se puede hacer es dejarla en paz que investigue.

Los rayos terribles

¿Qué eran los misteriosos rayos que escapaban de los minerales de uranio, radio y polonio? Marie tenía razón al suponer que procedían del mismo corazón de los átomos. En el fondo, la personalidad de cada elemento químico radica en su núcleo. ¿Quieres sodio? Pues junta once protones. ¿Quieres oro? Junta setenta y nueve. No te olvides de añadir un puñado de neutrones a la mezcla para que ligue bien, porque los protones son un poco contradictorios, en parte se atraen, pero en parte se repelen. Los neutrones estabilizan el núcleo al mezclarse con los protones, porque nadie los rechaza: siempre resultan atractivos.

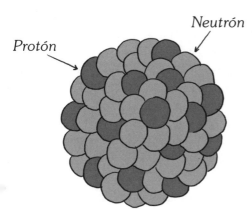

Protón

Neutrón

Retrato de un núcleo atómico, con todos sus neutrones y protones.

En la naturaleza existen solo noventa y dos elementos. ¿Por qué? ¿Por qué no puedes seguir añadiendo protones y neutrones hasta fabricar átomos supergigantes?

Los núcleos se parecen un poco a las pirámides humanas. Si un grupo de cinco o seis personas se coloca en círculo y se agarran con fuerza, resulta muy difícil que uno de ellos se caiga. Aunque perdiera el equilibrio, sus compañeros, bien firmes sobre el suelo, lo sostendrían. Crean una estructura tan estable como la de los núcleos de elementos químicos con pocos protones, como el litio o el cloro. En ellos las partículas forman una piña. La pirámide humana se vuelve más frágil a medida que se añaden pisos. Llega un momento en el que, por muy bien que se agarren las personas unas a otras, el menor movimiento, un pequeño resbalón de cualquiera, puede desestabilizar la estructura completa. Así pasa en los núcleos atómicos. Cuando juntas muchos protones y neutrones, las fuerzas que los mantienen unidos se vuelven cada vez más sensibles a los desequilibrios, lo que acentúa el rechazo entre protones. Los núcleos con más de 83 protones son, por principio, inestables. El uranio tiene 92, el torio, 90 y el radio, 88.

Cuando una pirámide humana se viene abajo, una parte de la estructura permanece en pie y el resto cae. En un núcleo de uranio, lo que sale disparado no son personas, sino dos protones y dos neutrones, que forman una pelota. Para mantener un poco el misterio, los físicos la llaman "partícula α". El proceso de desmoronamiento nuclear recibe el nombre de "desintegración". ¿Quieres asistir a una emisión de rayos uránicos? Ponte cómodo:

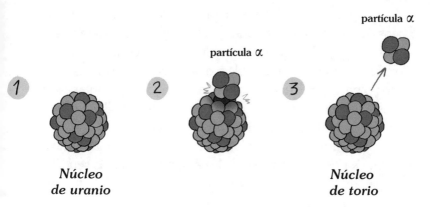

Núcleo
de uranio

Núcleo
de torio

En 1), el uranio se comporta como la torre humana en un momento estable. En 2), alguien se ha movido un poco y, aunque el resto de miembros del núcleo lucha por retenerla, ya asoma la partícula α. En 3), sale despedida. El resultado es una torre más pequeña, con menos protones y neutrones: un núcleo de torio.

Algunas plantas absorben uranio del suelo y, cuando las comemos, este pasa al organismo. ¡Así que nosotros también emitimos rayos uránicos! Sin embargo, en nuestro cuerpo apenas hay 0,1 mg del elemento, una cantidad despreciable. Solo cuando juntas muchos átomos de uranio, como sucede en la pecblenda, el número de núcleos que se desintegra produce suficientes proyectiles (partículas alfa) para que se considere radiactivo.

Una combustión nada espontánea

Las combustiones las protagonizan tres elementos químicos: el oxígeno, el carbono y el hidrógeno. El oxígeno está
en el aire y el carbono y el hidrógeno se combinan de mil
maneras en los combustibles, que pueden ser sólidos, líqui-
dos o gases. Si pudieras observar la madera, el butano o la
gasolina con una superlupa, encontrarías en ellos un buen
puñado de átomos de hidrógeno y carbono.

Para ver con claridad qué se cuece en una combustión, vamos a utilizar uno de los combustibles más sencillos,
el gas metano, que es el principal ingrediente del gas natural. Sus moléculas están formadas por un átomo de carbono y cuatro de hidrógeno. A su vez, las moléculas de oxígeno del aire contienen dos átomos de oxígeno.

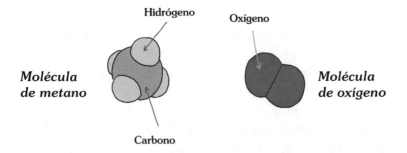

*Una molécula de metano y otra de oxígeno, preparándose
para una buena combustión.*

A temperatura ambiente, las moléculas de metano y de
oxígeno se ignoran, aunque choquen entre sí. Los átomos de
hidrógeno están bien sujetos al carbono y no les apetece
soltarse. Lo mismo le ocurre a cada pareja de oxígenos. A la
mayoría de los combustibles, de entrada, les da un poco de

pereza relacionarse con el oxígeno si no hace demasiado calor. Es una suerte. De lo contrario, con todo el carbono, hidrógeno y oxígeno que hay suelto por el planeta nos pasaríamos el día ardiendo.

Para que se dispare la combustión, las moléculas tienen que ganar velocidad y chocar entre sí con fuerza, para que los átomos se suelten y se vuelvan a unir formando moléculas distintas. La temperatura no es más que el grado de agitación de las moléculas de la materia. En un material caliente, las moléculas se mueven muy deprisa; en uno frío, prefieren estarse quietecitas.

Cuando se calienta un combustible, las moléculas se animan y empiezan a chocar entre sí cada vez con más brío. Llega un momento en que colisionan con suficiente ímpetu para romperse. Entonces los átomos quedan libres y cambian las parejas. El carbono y los hidrógenos del metano se reparten los átomos sueltos de oxígeno y producen agua y dióxido de carbono. Acaba de tener lugar una combustión:

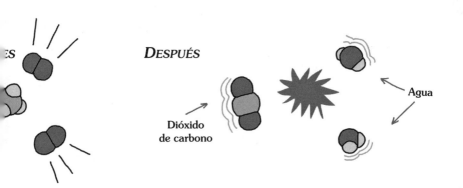

Después

Dióxido
de carbono

Agua

¿Por qué esta reorganización de los átomos genera calor? Con el castañazo, las moléculas recién formadas de dióxido de carbono y agua se mueven más deprisa que las de oxígeno y metano. Están más calientes. Como no paran quietas, chocan contra las moléculas de su entorno, y les comunican su exceso de energía, haciendo que ellas también se muevan más deprisa. Esto desata una cadena de nuevas combustiones. Oxígenos más rápidos chocan con metanos más veloces y producen más moléculas de dióxido de carbono y agua calientes, que, a su vez, chocan con más moléculas, acelerándolas y empujándolas a la combustión. Los electrones de los átomos también se contagian de la animación ambiente y, para relajarse, pueden emitir luz.

En resumen, el fuego necesita un pequeño empujón para vencer la pereza y ponerse en marcha, pero una vez que se desata, se sostiene a sí mismo. El resultado de cada combustión son moléculas más rápidas que, al chocar con las demás, les comunican la velocidad necesaria para que ellas también reaccionen.

Por eso, una estrategia para sofocar un fuego consiste en bajar la temperatura. Si las moléculas se frenan, ya no chocan con fuerza suficiente para romperse y cambiar de parejas. Cuando soplas una cerilla, alejas los gases calientes que rodean la llama y, al enfriarse, se apaga. El agua consume mucho calor cuando se evapora, como habrás comprobado al sudar y, por esa razón, resulta ideal para extinguir incendios.

Seres vivos explosivos

¿Qué es la pólvora? Buena pregunta. Consiste en una mezcla de carbón, azufre y salitre. Vayamos por partes. El carbón, como su nombre indica, se compone casi todo él de átomos de carbono, con un poco de hidrógeno y una pizca de oxígeno. El azufre es un elemento muy común, presente en los minerales o en las proteínas. ¿Y el salitre? Lo producen las bacterias al alimentarse de desechos vegetales y animales. Si lo observásemos con una lupa tan potente que fuera capaz de distinguir las moléculas, esto es lo que nos encontraríamos:

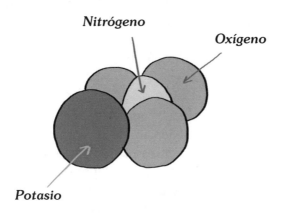

Molécula de salitre, con sus tres oxígenos, su nitrógeno y su potasio.

¿Qué convierte a esta mezcla de carbón, azufre y salitre en un cóctel explosivo? El carbón aporta los átomos de carbono que uno espera descubrir en cualquier combustión. El azufre desempeña un papel un poco secundario: sirve para bajar la temperatura de la reacción y generar menos humo. La clave está, pues, en el salitre. Si te fijas en la molécula, verás que trae incorporada una buena dosis de oxígeno. ¡Es como echarle más leña al fuego! Además, carga con nitrógeno, un elemento que se convierte en gas a la mínima provocación. Gracias al azufre y al oxígeno del salitre, la pólvora arde muy rápido. Gracias al nitrógeno, se generan muchos más gases que en una combustión sencilla. Si la pólvora se encierra en un espacio reducido, la expansión violenta de los gases provocará un fuerte estallido.

Resulta curioso que los ingredientes fundamentales de la pólvora (oxígeno, nitrógeno y carbono) hayan sido producidos por seres vivos. Algo que todos sospechábamos: ¡la vida es la bomba!

EL OXÍGENO

Sin él no hay combustión que valga. De hecho, el fuego no es más que una oxidación muy apresurada, es decir, un proceso en el que otros elementos se combinan con el oxígeno. A la mayoría de los átomos les encanta hacerlo, así que no es de extrañar que casi todas las cosas que puedes encontrar en la superficie terrestre contengan algo de oxígeno.

El aire también va bien servido: en la atmósfera hay 1 000 000 000 000 000 toneladas en estado gaseoso. Sin embargo, la atmósfera primitiva de nuestro planeta apenas contenía oxígeno. ¿De dónde salió entonces? Hace unos 2 500 millones de años comenzaron a proliferar unas bacterias muy especiales. Eran capaces de producir moléculas de oxígeno a partir de agua, luz y dióxido de carbono. Pronto le pasaron el invento (la fotosíntesis) a las plantas y así fue cómo, poco a poco, la atmósfera se fue cargando de oxígeno.

El nitrógeno

El carácter químico del nitrógeno no podría ser más distinto del oxígeno. Le da una pereza tremenda relacionarse con el resto de los elementos. Si por él fuera se pasaría la vida entera, tan feliz, en estado gaseoso, emparejado con otro átomo de nitrógeno. Compone el 78 % del aire que respiras, pero sale de tu nariz con la misma facilidad que entró, porque no reacciona con nadie.

Existen tres maneras, básicamente, de hacerle bajar a tierra. Una es atizarle con un rayo de tormenta, que le obliga a combinarse con el oxígeno, para después arrastrarlo al suelo en el agua de lluvia. Una vez en la superficie, las plantas lo absorben. También existen microorganismos capaces de atraparlo directamente del aire e incorporarlo a sus células. Entre ellos destacan unas bacterias que colonizan las raíces de las legumbres. La tercera vía son los procesos industriales, que comenzaron a desarrollarse a partir del siglo XIX.

El carbono

Los átomos de carbono presentan una asombrosa capacidad para unirse unos a otros formando estructuras estables, circunstancia que los convierte en los ladrillos del juego de construcción de la naturaleza. Por este motivo muchas fuentes de carbono (el petróleo, el gas natural o la madera) tienen un origen biológico. De lo que pesa una persona, 16 kg corresponden a este elemento, y gran parte de lo que comemos, como la fibra, los azúcares, las grasas o las proteínas, son compuestos de carbono (ingerimos unos 300 g al día). ¿Eso nos transforma en latas andantes de gasolina? Quizá hayas oído hablar de la combustión espontánea, pero no te asustes, aunque el 23 % de tu masa sea carbono, el 65 % es agua.

Tu cerebro

La primera lección en la escuela de detectives podría ser esta: no te fíes de tus sentidos. ¡Y mucho menos de los de los demás! En la aventura, el joven Nemo explica cómo, cuando un sonido se produce a la misma distancia de los dos oídos, el cerebro no dispone de información suficiente para situarlo delante o detrás.

Haz la prueba. Pide a un amigo que se coloque en el centro de una habitación y que cierre los ojos (y que no haga trampa). Explícale que darás varias palmadas y que tiene que decirte dónde las oye. Sitúate delante o detrás de él y da cada palmada con cuidado de que tus manos queden a la misma distancia de sus dos oídos. ¿Acierta siempre?

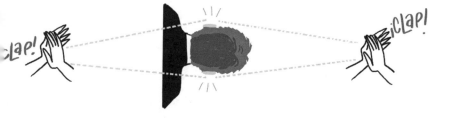

Cuando vemos u oímos, no percibimos la luz y los sonidos como lo haría una cámara de vídeo. El cerebro no te transmite al pie de la letra lo que le cuentan los sentidos, más bien los utiliza para construir un relato coherente de lo que sucede en tu entorno. Si encuentra huecos o contradicciones, trata de resolverlos antes de decirte qué está pasando. También elimina repeticiones innecesarias o detalles que le parecen poco interesantes. ¿Cómo sería tu percepción del mundo si recibieras en bruto toda la información de los sentidos? Agárrate bien porque va a ser movidito:

1) Lo verías todo al revés.

El cristalino proyecta sobre la retina una imagen invertida. Así que los recién nacidos lo contemplan todo boca abajo (ahora comprenderás por qué se quedan a veces como alelados y babeando). Pronto el cerebro adapta las sensaciones visuales a la experiencia. Los bebés aprenden que cuando se agachan tocan el suelo y no el cielo o que para alcanzar el sonajero que ha quedado encima del sofá tienen que levantar la mano y no bajarla. Llega un momento en el que su mente traduce de modo automático las imágenes que recibe y las endereza. Se han llevado a cabo experimentos con gafas especiales que invierten las imágenes. A los pocos días, el cerebro de las personas que las llevan se readapta y, de pronto, vuelven a «ver» el mundo del derecho.

2) Serías incapaz de abstraerte de los ruidos de fondo y de un sinfín de sensaciones superfluas.

Estarías oyendo sin tregua el runrún del tráfico, el zumbido del ordenador, el ritmo de tu respiración, el sonido que haces al tragar... También sentirías constantemente la presión del respaldo, del asiento, del suelo en los pies... El cerebro filtra todas esas impresiones, que no te interesan.

3) Descubrirías dos agujeros en tu campo visual.

Son los puntos ciegos. En la retina existe una pequeña región que no tiene sensores para la luz, así que la parte de la imagen que se proyecta sobre ella se pierde. Es como si en el interior de una cámara fotográfica faltaran detectores para cubrir una zona de la imagen. La retina reserva ese espacio al nervio óptico, que funciona como un cable que conecta el ojo con el cerebro, para transmitirle las imágenes que proyecta el cristalino. Para que no te agobies viendo el mundo agujereado, el cerebro "pinta" el hueco inspirándose en la información visual del entorno inmediato.

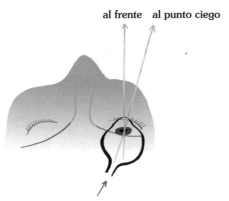

Un agujero que no percibes: el punto donde el nervio óptico se conecta a la retina para recoger la información visual y transmitírsela al cerebro.

Puedes llevar a cabo un experimento sencillo para desenmascarar las mañas del cerebro y comprobar que de verdad tienes dos puntos ciegos en los ojos. Observa la siguiente imagen:

Cierra el ojo derecho y fija el izquierdo en la cara de Nemo. Ahora acerca y aleja, muy despacio, la página del libro, hasta que el rostro serio de Johan desaparezca. ¿Dónde ha ido a parar? La luz que procede de esa zona del dibujo está incidiendo sobre tu punto ciego y, por eso, no puedes verlo.

4) Tendrías la impresión de que a tu alrededor se desata un terremoto.

¿Recuerdas alguna escena de una película rodada con la cámara al hombro? Las imágenes tiemblan, saltan y se entrecortan mientras el cámara camina, baja las escaleras, brinca o corre, transmitiéndote una sensación frenética y confusa. Si lo piensas, lo mismo tendría que ocurrirle a tu cabeza cuando te mueves. Sin embargo, el cerebro elimina todos los meneos y te ofrece una ilusión de estabilidad.

5) Acabarías agotado por la hiperactividad de tus ojos.

Incluso con la cabeza quieta, los movimientos de la pupila recuerdan a una mosca que revolotea sin descanso, saltando de un punto a otro. ¡Llega a ejecutar entre treinta y cuarenta desplazamientos por segundo! Haz la siguiente prueba: cuando dejes de leer, dedica un rato a seguir el vagabundeo de tus ojos y comprueba dónde enfocas cada vez. Te darás cuenta de que solo ves con nitidez en torno al punto al que diriges la atención. Como si fueran las piezas de un puzle, el cerebro recoge todas esas impresiones visuales saltarinas y compone con ellas una imagen virtual más amplia.

Después de repasar los cinco puntos anteriores estarás de acuerdo en que el cerebro trabaja duro con el fin de hacerte la vida más fácil. Interviene en la percepción para evitar la sobrecarga de datos y permite que te puedas concentrar y pensar sin distracciones. Resulta más cómodo estudiar sin prestar atención al tictac del reloj o caminar sin tener la sensación de que todo se estremece a tu alrededor. El principal inconveniente es que, a la hora de preparar su informe, el cerebro puede borrar información importante o rellenar huecos con percepciones que no son reales.

En 1999, Daniel Simons y Christopher Chabris, de la Universidad de Harvard, pusieron en marcha uno de los experimentos más famosos en la historia de la psicología. Mostraron un vídeo a varias personas. En las imágenes, seis estudiantes jugaban con dos pelotas de baloncesto. Tres llevaban camisetas blancas y tres, camisetas negras. Los seis no paraban de moverse y de cruzarse entre sí, mientras se pasaban una y otra vez el balón, siempre a un jugador de su mismo color. Se planteaba como objetivo contar en silencio cuántos pases hacían los jugadores de blanco. ¿Fácil? La siguiente pregunta que te hacían los experimentadores era si habías visto al gorila. ¿Qué gorila? Eso mismo preguntaba el 46 % de los participantes en el experimento. Al rebobinar el vídeo, descubrían con asombro que en un momento dado irrumpía en la escena una persona disfrazada de gorila, que se abría camino entre los seis jugadores y se marchaba.

¿Por qué no la habían visto? Porque sus cerebros la habían filtrado. Habían recibido instrucciones de contar los pases y toda su atención se había centrado en seguir a los jugadores de blanco. El gorila, de pelo oscuro, se percibía como parte del ruido de fondo (los jugadores de negro), a los que no había que hacer ningún caso. ¿La moraleja? En gran medida vemos lo que esperamos ver.

El cerebro no soporta la ausencia de estímulos sensoriales, porque su labor consiste precisamente en procesarlos. Si la vista, el tacto, el gusto o el oído no le ofrecen ninguna información... se la inventa. En los años sesenta del siglo pasado se efectuaron los primeros experimentos con tanques de privación sensorial. Se introducía a los voluntarios en cámaras herméticas, con paredes aislantes, que no dejaban pasar la luz ni los ruidos. Su interior recordaba a una bañera, que se llenaba con una solución salina, a la misma temperatura que la piel. Al sumergirse en ella, el cuerpo flotaba, de modo que se perdía por completo la sensación de gravidez. Pasadas unas horas a oscuras, en absoluto silencio, sin más percepciones que los latidos del corazón, las personas que se encerraban en el tanque comenzaban a experimentar toda clase de alucinaciones. Sus cerebros, muertos de aburrimiento, fabricaban sus propias impresiones para tener algo en qué ocuparse.

Detectar lo invisible

A cada respiración expulsas dióxido de carbono. Todo el mundo lo dice, pero ¿cómo pueden estar tan seguros? A fin de cuentas, se trata de un gas incoloro, que tampoco huele. Pues por muy invisible que sea, lo vamos a atrapar saliendo de tus pulmones.

El ingrediente esencial de este experimento tiene un nombre magnífico: hidróxido de calcio. Su aspecto, sin embargo, resulta bastante vulgar: un polvillo blanco. ¿Dónde lo puedes conseguir? Se suele vender al por mayor en las tiendas de productos químicos, por ejemplo, o en los almacenes de materiales para la construcción. También se utiliza en jardinería y en los acuarios. Hasta se encuentra en algunas farmacias. Pregunta por él en cualquiera de estos establecimientos. Como solo necesitas una cucharada, puede que incluso te la den gratis.

Para pillar al dióxido de carbono hay que llevar a cabo una reacción química muy sencilla. Te pasará lo mismo que a Marie a tu edad, que no tendrás un laboratorio a mano. Una buena alternativa es que le propongas a tu profesor realizar el experimento en clase. Si no, utilizaremos tu casa, pero tendrás que comportarte en ella como un verdadero científico. De entrada, necesitas un Pierre Curie que te ayude, es decir, un adulto. Para manipular el hidróxido, utiliza guantes de látex y ponte una mascarilla, que puedes conseguir en cualquier ferretería. A la hora de tomar precauciones, trátalo como si fuera lejía.

Una vez conseguido el hidróxido, el resto es coser y cantar. Solo vas a necesitar una botella de cristal de un litro de capacidad, un vaso y una pajita. Llena la botella de agua y disuelve en ella la cucharada de hidróxido de calcio. Revuelve bien y déjalo reposar un día. No todo el polvo se va a disolver y hay que esperar a que se deposite en el fondo lo que sobra. Cierra bien la botella, ponle una etiqueta para que todo el mundo identifique su contenido y guárdala donde nadie la confunda con agua.

Cuando el contenido de la botella muestre un aspecto cristalino, vierte un dedo del líquido en un vaso. Ahí tienes tu detector de dióxido de carbono.

El dióxido de carbono, pillado in fraganti.

¿Cómo funciona? Introduce la pajita en el vaso y sopla por ella con cuidado de no sorber. ¡Verás que el líquido sufre una dramática metamorfosis! Pierde su transparencia y se vuelve lechoso. Para intensificar el efecto sopla varias veces con suavidad.

¿Qué ha ocurrido? El dióxido de carbono ha provocado una reacción química. Los átomos de calcio que venían en el hidróxido cambian de pareja y atrapan el carbono del dióxido, produciendo una molécula nueva, el carbonato de calcio. Esta molécula no es soluble y permanece en suspensión en el agua, dándole una coloración blancuzca.

Cuando hayas acabado el experimento, tira el líquido del vaso y de la botella por el fregadero, para que nadie los confunda con agua o con leche. Deja correr bien el agua. Después friega los dos recipientes con agua abundante.